美食奉行 大岡越前

江戸めし人情裁き

加賀美 優

コスミック・時代文庫

この作品はコスミック文庫のために書下ろされました。

目次

本文イラスト　室谷雅子

第一話　はまぐり水晶

【蛤水晶】

蛤に、水、塩を入れて練った葛粉をのせたうえで、蛤の茹で汁を温めてかける。蛤の出汁が、鮮烈な潮味を生みだす。

一

そこで、大岡越前守忠相《おおおかえちぜんのかみただすけ》は、箸《はし》を持つ手に力をこめた。

江戸城での情景が頭をよぎり、気持ちが高ぶる。なんとも腹立たしい。

「なにが名奉行なものか。勝手に決めておいて」

九年前の享保《きょうほう》二年、大岡を南町奉行《みなみまちぶぎょう》に据《す》えたのは、そちらだろう。

ようやく作事《さくじ》奉行に慣れてきて、このまま静かに暮らせると思った矢先のことで、多大な迷惑をこうむった。

その後も、無理難題を押しつけられて、さんざん苦労させられた。

そもそも、米の値段を操《あやつ》ることなどできはしない。諸色《しょしき》の値動きとからんで変わるので、こちらが思ったとおりにできるわけがないのである。

物事をゆがめているのはあちらなのに、怒られるのはいつも大岡だ。

なんだというのだ。理不尽極《りふじんきわ》まりない。

怒りをおさえることができぬまま、大岡は香《こう》の物《もの》に箸を伸ばす。

笑い声が響《ひび》いてきたのは、その直後だった。

「お武家さま、ひでえ顔をしていますぜ。まるで地獄《じごく》の鬼のようだ」

豪快《ごうかい》な声に顔を向けると、左官《さかん》の用吉《ようきち》が小上がりに座って、こちらを見ていた。縞《しま》の小袖《こそで》に角帯《かくおび》という格好で、冬なのに、胸元を大きく開いている。

頬《ほお》に大きな傷があるので、見た目はよくないが、気のいい男で、武家の大岡に対しても気さくに話しかけてくる。

大岡は顔をしかめた。

「そんなにひどいか」

「この世の悪行《あくぎょう》をすべて背負っているみてえですよ。いっつもひでえが、今日は特別。目玉が浮きあがって見えますよ」

大岡は町に出るとき、わざと粗末《そまつ》な格好をしている。綿《めん》の着流しはすり切れているし、帯も痛みが目立つ。髪もわざと乱している。

一度、出かける前に鏡を見たことがあるが、瘦《や》せていることもあり、身体も顔もひどく骨張《ほねば》って見えた。

正体を隠すためにあえてひどい格好《かっこう》をしているのだが、案外と、普段の自分もたいして変わりがないかもしれない。

ひどく疲れる日々が続いているのだから。

「まあ、どんな顔をしていてもかまわないんですがね」

用吉は頭を掻《か》いた。

「ただ、せっかくうまい飯を食べるんだから、少しぐらい気分をよくしてもいいんじゃないですかね。いまのままじゃ、出てくる料理がかわいそうですぜ」

それは、そうだ。うまい料理を食べるには、それなりの心構えがいる。

せめて心を、ほがらかにせねば。

大岡が容色をあらためると、背後からやわらかい声が響いてきた。

「そのぐらいにしてくださいよ、用吉さん」

奥の板場から、前掛けをした男が姿を見せた。すらりとした身体つきで、無駄な肉はいっさいついていない。細い目と口が特徴的だ。

『ほどほど』の店主、太助《たすけ》である。

年は三十二と聞いているが、それより若く見える。上方《かみがた》の生まれで、若いころに江戸に出てきて、そのころ流行《はや》りはじめの料理茶屋《りょうりぢゃや》で修業していた。

物腰はやわらかく、口調も穏《おだ》やかだ。酔客相手でも声を荒らげることはなく、いまも穏やかな笑みを浮かべて、用吉に声をかけている。

「お武家さまをからかってはいけませんよ。身分が違うんですから」

「いいんだよ、気を遣《つか》うなって言われているし。なあ、御隠居」

「う、うむ。まあ、そうだな」

「さすが、よくわかっていらっしゃる」

大岡の返答で、用吉が笑う。太助は苦笑いだ。

いつもと変わらぬ穏やかな空気だ。

じつに、よい。

『ほどほど』は、数寄屋橋御門《すきやばしごもん》からほど近い加賀町《かがちょう》の裏手にある一膳飯屋《いちぜんめしや》だ。小さな店で、十人も客が入れば満員になってしまう。古着屋と小間物屋にはさまれていて、店構えはよくないが、料理のすばらしさから客足が途絶えることがない。

隠れた名店であり、大岡もはじめて卵飯《たまごめし》を食べたときには、そのうまさに思わず声が出たほどだ。たわいもない一膳飯も、驚くほど丁寧《ていねい》に味付けしており、食べれば食べるほど、そのうまさに惹《ひ》きつけられてしまう。

店の雰囲気も抜群《ばつぐん》によい。町の一膳飯屋に武家が入ると、双方が気を遣って、ぎこちない空気が流れることがあるが、この店ではそのようなことはなく、町の者は大岡に気さくに声をかけてくるし、大岡も普通に応じる。身分の差はたしかに存在しているのだが、それを意識させない空気が漂《ただよ》っている。

店主の気配りが優《すぐ》れていなければ、こうはならない。

それは、食べ歩きに慣れている大岡だからこそ、わかることだ。

「なに格好つけているんですか、御隠居」

用吉に言われて、大岡は自分が腕を組んでうなずいていたことに気づいた。

「似合いませんぜ。そういうのは、いまの御奉行さまみたいな、立派な人がなさる仕草《しぐさ》ってもんだ」

「……いまの奉行というと、大岡越前のことか」

「大岡さま、ですよ。同じ旗本だからって、そういう呼び方じゃ失礼ですぜ」

用吉は笑って、大岡がいかにすばらしい奉行であるかを語った。

いわく、町火消《まちびけし》を作って大火《たいか》から江戸の町を守ってくれた。小石川《こいしかわ》の養生所《ようじようしよ》を作って、病気の貧乏人を引き取り、治るまで面倒を見てくれた。

与力や同心を使って、破落戸《ごろつき》どもを追い払い、町を住みやすくしてくれた。本所《ほんじよ》を町の奉行所の支配地にして、人の出入りがしやすくしてくれた。

用吉の口調は滑《なめ》らかで、大岡が驚いた。

「先月は、有島屋《ありしまや》の主《あるじ》が殺された件を、見事に解決したじゃありませんか。息子が借金まみれだってことを、近所の者も知らなかったんですぜ。それを暴いて、ひっくってしまったんだから、たいしたものですよ」

「そうかな。あたりまえのことだと思うが」

「また、そうやってひがむ。よくありませんよ。そういうの」

そう言われても、どうも実感がないのだからしかたがない。

昔から自分の業績には興味がなかったが、町奉行になってから、それはひどくなっているように思える。

なにぶん、振りまわされているのだから。

「いやあ、あの姿、立派《りっぱ》だったな」

用吉は、大岡が下手人を捕らえるため、有島屋に行った際に、その姿を見ることができたと語った。威厳があり、自然と目が惹《ひ》きつけられたという。

「そうか」

あのとき、見られていたのか……気づかれなかったのは幸いだった。

大岡は、この店では、奥田松之輔《おくだまつのすけ》と名乗っている。五百石の旗本で、書院番《しょいんばん》を務めていたが家督《かとく》を息子に譲《ゆず》り、いまは悠々自適《ゆうゆうじてき》の隠居という立場だ。

本当の役職を語ることは、残念ながらできない。

彼が千九百二十石の旗本で、いま話題になったばかりの町奉行だと知れば、客も太助も仰天《ぎょうてん》するだろう。だがそれは、大岡の望むところではない。

おのれのわがままで、店の雰囲気を客が壊すことは許されない。

そのことは、大岡が作りあげた食べ歩き十箇条《じっかじょう》のひとつとなっている。

「からかうのは、そこまでにしてやってくださいよ」

太助が歩み寄ってきて、さりげなく椀《わん》を差しだしてきた。

「すみません、御隠居。悪気はないんですよ」

「わかっているさ。それより、これはなんだ」

「ああ、ひさしぶりに作ってみたんですよ。細かいことは言いませんので、ぜひ、どうぞ」

赤い椀には、青柚子《あおゆず》の乗った蛤《はまぐり》があった。汁物であり、かすかに漂う葛《くず》の香りが食欲を誘う。

大岡はなにも言わず、汁をすすった。

うまい。

蛤の出汁《だし》がよく利いている。

絶妙の塩加減が汁の味を引き立てており、ほんの少し飲んだだけで、身体全体に心地よさが広がっていく。

甘露《かんろ》とはまさに、これであろうか。

大岡は続けて、蛤に箸をつける。

口に入れるのが惜しいほど、すばらしい形をしているが、見ているだけではとうてい耐えられない。一気に口に入れる。

たちまち汁があふれだして、背筋に稲妻《いなずま》が走った。

やはり、うまい。

蛤には手を入れていないようだが、それが天然の味を引き立てている。

下品なのを承知のうえで、大岡は蛤を頬張《ほおば》って食べ、汁を一気に飲み干した。

はあっ……と息を吐きだす。

「すばらしい。よくも、この味が出せたものだ。なんという料理だ」

「名前は勘弁してください。味わっていただければ、十分です」

「いや、本当にすばらしいぞ。これなら、流行りの料理茶屋でも通用するのではないか」

この十年、江戸には本格的な料理を出す店が増えている。

店構えにも料理にも凝《こ》り、町民のみならず、武家の会食も想定している。有名なのは朝風《あさかぜ》、大黒屋《だいこくや》、八百善《やおぜん》、さざなみなどであったが、しのばずといった新しい店も名前が知られつつある。

「やはり、決め手は汁だな。うん」

大岡は椀をのぞきこんだ。自然と口が滑《なめ》らかになる。

「鰹節《かつおぶし》がかすかに利いていて、それが心地よい。口に入ったときに、ぱっと広がる。あとは、この青柚子だな。ひと工夫してあって、それがなんとも心憎いではないか。ああ、あと……」

「すみません、奥田さま。申しわけないのですが……」

いきなり太助が割って入ってきた。意外な流れに、大岡は目を細める。

「なんだ」

「せっかく褒《ほ》めていただいているのにすみませんが、その潮汁、鰹は入っていません。味付けは塩と蛤の出汁だけで」

「え」

「青柚子もすりおろしただけで、手は加えていません。そのままです」

「あ」

大岡は絶句した。

店内に沈黙が広がり、客が膠《にかわ》で固めたかのように動きを止める。

鰹節を使っていないだと。まさか。

いや、たしかに塩加減が微妙に薄いような気がするが、それは鰹の出汁が利いているからではないのか。塩だけで、ここまでうまいのか。

大岡は瞳を動かす。

全員の視線が集まる。

息が詰まる。気まずい。どうする。

なにか言わねばと思った大岡がようやく口を開けたとき、店を揺るがす、大きな笑い声が響いた。

「またよけいなことを言って……だから、御隠居は駄目なんだよ」

用吉である。言葉はきついが、口調は明るい。

「味を褒めているときはいいのにさ、蘊蓄《うんちく》を語りだすとおかしくなる。太助は腕のいい料理人だから、材料なんてどうでもできるんだぜ。なのに、通《つう》ぶって材料を言いあてようとするから、おかしくなるんだよ」

「いや、それはな」

「この間だって、うどの胡桃《くるみ》あえが出てきたら、葛西《かさい》のうどは歯応《はごた》えがいいとかなんとか言っちゃってさ。この店のうどは、棒手振《ぼてふり》の三吉《さんきち》から買っているのにさ。

いつも挨拶していくのに知らないのかと思って、つい水を吹きだしちまったよ」

ああ、やめてくれ。それに気づかなかったのは、たまたまだ。

そういうこともあるではないか。

うまかったから、つい口が滑《すべ》っただけだよ……。

大岡は頭を抱《かか》えた。

太助が気を利かせて、茶漬《ちゃづ》けを出してくれたので、大岡はそれを食べると、急ぎ足で『ほどほど』を出た。

すでに日は暮れており、吹きつける風は冷たい。

二月に入っても江戸は寒い日が続いていて、市中の梅《うめ》も大半が蕾《つぼみ》のままだ。しばらくは、この日々が続くのであろうか。

また、やらかしてしまった。今日こそうまくいくと思ったのに。

店で大岡は敬意を持って接してもらっているが、それは彼が武家であるからで、中味が評価されてのことではない。単なる隠居で終わるのは業腹《ごうはら》でもあるので、ここは食通《しょくつう》として認めてもらいたい。

だからこそ、味について語るのであるが、どうも肝心《かんじん》なところで、なにかしらぼろが出てしまうのだ。

塩加減を間違えることもあるし、材料を勘違いすることもある。米の炊き方についても、誤った指摘をしたことがある。頓珍漢《とんちんかん》もいいところで、大岡のいつもの奉行裁きを知っている者が見れば、目を疑うに違いない。

このままでは、食べ歩きをはじめて七年、江戸中の主《おも》だった飯屋を食べ歩いたと自負する大岡の沽券《こけん》にかかわる。

ひとつでも、気の利いたことが言えればいいのだが……。

「よし、明日だな」

大岡は手を握《にぎ》りしめた。

「今度こそ、うまくやってみせる」

そう心に誓《ちか》った瞬間、大岡の身体に衝撃が走った。

横丁から出てきた男とぶつかって、大岡はよろめいたのである。

山下町《やましたちょう》の角を曲がって、数寄屋橋の御門に迫《せま》ったところ、あと少しで奉行所といった場所だった。

「無礼者。どこを見て歩いている」

「なんだとう」

大岡が叱責《しっせき》すると、相手は彼を見あげて吠《ほ》えた。

「それは、こっちの台詞《せりふ》だ。爺《じじい》がひとりでうろうろしているんじゃねえよ」

「なんだと……おぬし、誰に向かって……」

「よけいなことを言うと、しょっぴくぞ」

その瞬間、雲が流れて、月明かりが相手の顔を照らした。

絣《かすり》の着物を身につけた男の顔を見て、大岡は息を呑んだ。

なぜ、この男がここにいるのか。

役目か。いや、そんなはずは……。

男は大岡を見て顔をしかめると、気をつけろ、と言って立ち去った。

ふたたび雲が月を隠し、あたりが闇に包まれる。

大岡はなにも言えず、しばし、その場に立ち尽くしていた。

二

なぜ、あの男があそこにいたのか。

着流しであったところからして、おそらく役目ではない。

そもそも、彼の縄張りは京橋界隈《きょうばしかいわい》であり、山下町まで赴《おもむ》く理由はないはずだ。

夜更《よふ》けの町をひとりで歩く理由がどこにあるのか。

まさか自分と同じく……大岡は思索《しさく》に耽《ふけ》る。

太い声が響いてきたのは、その直後だ。

「これ、越前、なにをしているか」

大岡は我に返った。いけない。ここでは駄目だった。

「は、はっ、申しわけ……」

「いいかげん、面《おもて》をあげよ。それでは話がしにくくてたまらぬ」

「申しわけありませぬ」

大岡が顔をあげると、上座《かみざ》の人物と視線が合った。

木蘭《もくらん》色の小袖に狐《きつね》色の袴《はかま》、練《ねり》色の羽織《はおり》といういでたちは、六尺を超える身体によく似合っている。剣術や馬術の稽古を欠かさないこともあり、無駄な肉はいっさいついていない。丸い顔ですら、引き締まった印象を与える。

木綿《もめん》なのに安っぽく見えないのは、着ている人物が粗末であることを気にかけていないからか。はじめて会ったときから、それは変わらない。

第八代将軍、徳川吉宗《とくがわよしむね》である。

幕府をまとめあげ、天下に号令する人物が、大岡の前に悠然と座って話しかけている。目つきは鋭いが、どこか余裕も感じさせた。

「ぼけっとしおって。寝ぼけておるのか」

「いえ、そのようなことは」

「では、女のことでも考えていたか。おぬしが色気に走るとは珍《めずら》しいが」

「滅相《めっそう》もない。上さまの前でそのようなことは……」

「戯事《ざれごと》だ。おぬしは、いつでも本気にするから困る」

大岡は恐懼《きょうく》して頭をさげた。

吉宗は、奇縁で紀州《きしゅう》徳川家五十五万石の領主を務めていたが、十年前の享保《きょうほ》元年、前将軍である徳川家継《いえつぐ》の死を受け、征夷大将軍《せいいたいしょうぐん》に任じられた。

徳川宗家以外から将軍が出るのははじめてのことで、異論もあったが、神君家《しんくんいえ》康《やす》公からもっとも血が近いということで選びだされた。

三十二歳という年齢も、重職を担《にな》うには適しているとみなされた。

将軍に選ばれると、吉宗はみずから幕府の問題点を洗いだし、人材を整えて、制度改革に着手した。

それまでの幕政は、三代将軍家光《いえみつ》が作りあげた体制をわずかに手直ししただけで、時代に合っていなかった。つまらない出費のおかげで、金蔵《かねぐら》の小判は消えてなくなっていたし、江戸の町は大きくなりすぎて混乱が目立っていた。

改革は必至だったが、誰も手をつけようとしなかったところに、吉宗は踏みこんで、果敢《かかん》に体制をあらためていった。

大岡が南町奉行に抜擢《ばってき》されたのは、吉宗が将軍に就任した直後で、その後はともに江戸の改革を進めている。

江戸に幕府ができてから、およそ百二十年。民は天下泰平《てんかたいへい》を満喫《まんきつ》しているなか、歪《ひず》みの出てきた幕府を立て直し、新たなる体制を打ちたてようとしているのが吉宗であった。

吉宗が、本気で仕事に打ちこんでいるのはわかる。

わかるのだが……。

まさか、ここまで振りまわされるとは思いもよらなかった。単なる旗本には、荷が重すぎる。

「まあ、たまには、ゆっくりさせてやりたいところだがな。やってもらいたいことがあるので、そうもいかぬ」

はじまった。

吉宗が無理難題を言いつけるときは、いつでもこのような言いまわしをする。

端《はな》から楽をさせる気などないのだ。

「なにをすればよろしいので」

「米の値を、なんとかしてもらいたい」

吉宗は扇子《せんす》を取りだして振った。

「ここのところ豊作が続いて、値がさがっていて困っている。これでは旗本、御家人が窮《きゅう》する。なんとかならぬか」

大岡は顔をしかめた。またいつもの話題になった。ここは深入りしないにかぎる。

「難しいですな。米はあまっているのですから、値はさがって当然です。あげるのであれば、市中に米が出ぬようにしませんと」

「わかっている。だから、どうすればいいのかと聞いている」

「まずは、いきすぎた引き締めをおさえるべきかと。ここのところ江戸市中では、商いが滞《とどこお》って物の売れ行きが悪くなっております。油、小間物、炭、すべてが安くなっております」

「安くなることはよいことであろう。武家の生活は助かる」

「それで、米の値がさがってもよいのでしたら」

「それは困る」

「ですから、引き締めをやめ、市中の商いで進むように仕向けるのです。いまのままではなにも変わりません。まずは、以前から申しあげているように……」

「改鋳《かいちゅう》だったら、儂《わし》はやらんぞ。あれには苦労させられた」

吉宗は手を振った。

「元禄《げんろく》、宝永《ほうえい》、正徳《しょうとく》とたびたび改鋳をおこなったが、物の値があがるだけで、うまくいかなかった。むしろ後始末を押しつけられて、大変だった。あの騒ぎを繰り返すのは御免こうむる」

「ですが、ほかには……」

「ついでに言えば、米の値があがっても、他の品が高くなるようでは困る。日々の細々とした品は安くなるように仕向けよ」

「そんな無茶な」

米を特別扱いしても、値を自在に動かすのは不可能だ。米があがれば他の品もあがるし、米がさがれば他もさがる。どうにもならない。

そもそも米価をあげるのは、武家の生活をよくするためという、極めて恣意的《しいてき》な事情によるもので、商いの原理とは大きくかけ離れている。

無理を通すには道理を引っこませるしかないのであるが、払う犠牲は大きい。

それでいて効果は小さいのだから、無理強いする意味はない。

大岡としては、江戸の治安を揺るがすような政策は実施できない。

「また文句だ。いつも、おぬしはそうよ」

吉宗は顔をしかめた。

「あれが駄目、これが駄目、と語るだけで、ためになることをまったく言わぬ。儂の役に立とうという気構えはないのか」

それは、吉宗が無茶ばかり言うからだ。

米の値は収穫量によって決まる。多ければ安くなるし、少なければ高くなる。それを左右するのは天候であって、お上《かみ》ではない。

大岡は先日、札差《ふださし》の総代《そうだい》と話をしたが、引き取り値をあげてほしいという要請に、札差はできぬものはできぬと言いきった。

米が多い状況で値をあげることは、自然に反するということだった。

まったくもってそのとおりで、大岡は沈黙するしかなかった。

吉宗は文句を言い、町の者は言うことをきいてくれない。

ああ、まったく……。

大岡は胃が痛むのを感じた。針《はり》で刺されているかのようで、ひどくつらい。

この一か月、痛みがひどくなっているように思える。

なぜ、こんな目に遭わねばならぬのか。自分は懸命に、町奉行の役目をまっとうしているだけなのに。

できもせぬことをやれと言われて、うまくいかぬと文句をつけられる。

……もう耐えられぬ。

やめてやる。辞意を告げて、すぐさま隠居する。

そうすれば、一日中、うまい物ばかり食って生きていける……。

大岡は、昨日の『ほどほど』で食べた蛤の汁物を思い浮かべた。

あれは、本当にうまかった。あのような物ばかりを食べて生きていければ、どれほど幸せであろうか。

大岡は匂いと舌触《したざわ》りとうまみを浮かべて、恍惚《こうこつ》とする。

「なにを考えておる、越前」

吉宗に声をかけられて、大岡は我に返った。

しまった。料理に気を取られすぎた。

「い、いいえ。なにも」

「そうか。女……いや、違うな。食い物だな。どうせ、とっとと役目をやめて、うまい物を食べて生きていこうとでも思ったのではないか」

「そんな。滅相もございません」

「考えるのは勝手だが、辞めることは許さぬ。おぬしには、儂が将軍でいるかぎり、働いてもらう。途中で逃げようなどとは思わぬことだ」

吉宗は笑った。

「十日やる。なにか役に立つことを考えてこい」

「そんな……町奉行の役目もあるのですが」

「それもやれ。手抜きは許さぬぞ」

胃の痛みが大きくなり、大岡は表情を隠すために頭をさげた。

このままでは、臓腑《ぞうふ》に穴が空いてしまう。生き残るためにも、今日もうまい物を食べにいかないと。

それだけが救いであるが……。

大岡の脳裏《のうり》を、男の顔がよぎる。

あれをなんとかせねば、大変なことになる。うまい物を食べるどころか、役所から出ることもできなくなるかもしれぬ。

大岡は頭をさげたまま、今後のことに思いを馳《は》せた。

頭をさげる姿を、吉宗が優しい視線で見ていることに、大岡は気づいていなかった。

三

大岡は奉行所に戻ると、その足で同心部屋に向かった。途中で、見知った同心が書類を抱えて歩いていたので、思わず声をかける。

「速水《はやみ》」

「こ、これは御奉行。こんな場所に来られるとは。どうなされたのですか」

「いや、ちょっと用があってな。仕事熱心なことで、なによりだ」

「お見苦しいところを。片付けてまいります」

「そのままでいい。少し話をしたいだけだ」

速水理左衛門《りざえもん》は、南町奉行所の同心だ。神田《かんだ》界隈が縄張りであるが、本所《ほんじょ》の事情にもくわしく、この間も松坂町《まつざかちょう》に潜伏していた盗人《ぬすっと》を取りおさえた。

年は四十二歳。肉づきがよく、顔は丸い。黒羽織《くろばおり》を着ていても野暮《やぼ》ったく見えるが、むしろそれが町の者に安心感を与えているのかもしれない。

大岡からの評価も高く、神田界隈で事件が起きたときには、まず彼に相談していた。

「今日はどうだ。変わったことはあったか」

「いえ、とくには……浪人者が暴れた件で名主《なぬし》が話に来ましたが、たいしたことはございませんでした」

「ほかにはないか」

「と言いますと」

大岡は、声を低めた。

「たとえば……儂のことだ。どこかで見たという話が出ていないか」

「こうして奉行所でお目にかかっていますが」

「そういうことではない」

こちらの意図《いと》が通じていない。悩みながら、大岡は先を続ける。

「では、土橋孫助《どばしまごすけ》はどうしている？　来ておるか」

「土橋ですか。今日は見ておりませぬが」

速水は、廊下の奥から同心部屋をうかがった。

「確かめてまいりましょうか」

「いや、いい。来ていないのであれば、それでかまわぬ」

「ですが……いや、いました。あそこ《こ》です」

速水が目線で示した先に、頰の痩けた同心の姿があった。

痩せぎすで、身にまとっている黒羽織が浮きあがって見える。黄八丈《きはちじょう》も着こなしが雑《ざつ》で、粗野《そや》な印象を与える。

廊下を進む姿はいかにも気怠《けだる》げで、あたかも酔っ払いのようだ。

誰にも声をかけられぬまま、土橋は廊下を曲がって、玄関に向かった。

「あいかわらずですな、あやつは」

速水は首を振った。

「中町《なかまち》から南町に移って、もう七年になりますが、やる気がなくて困っております。顔を見せたのも十日ぶりでして。手を焼いております」

「以前は、ああではなかったのだな」

「はい。土橋孫助といえば、中町奉行所でも一、二を争う腕利《うでき》きで、盗人やら渡《と》世人《せいにん》を数多く捕え、南町の儂らにもその名は聞こえておりました。あいつがいるから京橋では悪さができない、と言われていたほどです」

大岡も、土橋の評判は聞いていた。

正徳三年に京橋の南で人夫《にんぷ》が殺される事件があったが、それを解決したのが彼だった。下手人は廻船問屋《かいせんどんや》の手代《てだい》で、博打《ばくち》に溺れたあげくの争いであったが、当の手代は律儀者《りちぎもの》の面をかぶっており、悪事に手を染めているとは同僚ですら知らなかった。それを暴いて召し捕り、事の次第をあきらかにしたということで、当時の奉行からもお褒めの言葉をもらったほどだ。

気配りが達者《たっしゃ》で、大岡も期待していたのだが、南町に移ってからは手を抜くようになり、市中の見廻《みまわ》りはおろか、書類仕事すら放りだしていた。病《やまい》と称して、半年以上、屋敷に引きこもっていたこともあったらしい。

「どうして、ああなった」

「中町から移ったときに、ちょっと面倒を起こしましてね」

速水は顔をしかめた。

「よくあることだったんで、気にしなければよかったんですが、癇《かん》に障《さわ》ったらしく拗《す》ねてしまいまして。以来、あのありさまです。正直、手に負えませんね」

中町奉行所が廃止になったのは、享保四年のことだ。

元禄十五年から、町奉行所は北、中、南の三奉行所体制であったが、中町奉行だった坪内能登守定鑑《つぼうちのとのかみさだかね》が職を辞すと、後役《あとやく》が置かれることなく、そのまま廃止となった。

中町の与力や同心は、南北の奉行所、あるいは先手組《さきてぐみ》に吸収されたが、そのときに騒動が起きた。

「中町には中町のやりかたがあり、いきなり変えることはできないっていうのははわかるんですがね。なくなっちまったものはしかたないんで、なんとかしなきゃいけませんよ。それがいつまでも意地を張って、仲間とも打ち解けないのでは、こちらとしても放っておくしかありません」

速水はため息をついた。

「本当に頑《かたく》なでして」

話しているうちに、土橋が戻ってきて、こちらに視線を向けた。大岡らがいることに気づいたようだったが、挨拶もせず、ふたたび姿を消した。

「見てください。ひどいものでしょう」

速水はそのあとも悪態をついたが、大岡は聞いていなかった。

あの顔は記憶にある。

間違いなく、山下町でぶつかってきた男だ。着流しであったが、特徴的な顔は忘れようがない。

夜に、町を歩いていた奉行とぶつかった。それはわかっているはずなのに、なぜ、なにも言わないのか。

町奉行がひとりで勝手に出歩いていたら、大騒ぎである。

しかも身分を隠して、食べ歩きをしていたのだ。

ぶつかった時点では、なにをしているのかはわからなかっただろうが、付近で聞き込みをすれば、大岡が『ほどほど』で食事をしていたことは、簡単につかめたはずだ。

大岡の異様な行動をたやすく知ることができるはずなのに、なんの反応も見せないばかりか、彼の顔を見ても、表情すら変えなかった。

いったい、どういうことなのか。

四

「今日は、いい鰈《かれい》が入りましてね。焼いてみました」

太助の手にあったのは、鰈の山椒焼《さんしょうや》きだった。

じっくりと火を通し、焼き加減を工夫していることが見てとれる。添えられた生姜《しょうが》が、鰈の色味を引き立てていた。

丁寧に身をほぐして口に入れると、鰈のうまみと山椒が組みあわさって、なんとも言えぬ快感が身体を包みこむ。

たまらない。

この瞬間があるから生きていける。食べ歩きをしていて、本当によかった。

大岡は夢中で箸を動かした。皿が空になるまで、さして時はかからなかった。

「よかったぞ。山椒がじつによく効いていた」

「ありがとうございます。これもひさしぶりに作ってみました」

「今日は、これでいいな。香の物をくれ。余韻《よいん》を味わいたい」

「そういうことでしたら」

太助は、奥から大根《だいこん》漬けを持ってきた。

今日は、ほかの客はおらず、小上がりに座っているのは大岡だけだった。静かなのは残念であるが、おかげで物思いに耽《ふけ》ることができる。

大岡は香の物を口にしながら、土橋のことを考えた。

やはり、反応がないのは気になった。奉行と会って、なにも言いださない理由がよくわからなかった。

あのあと、大岡は同心部屋に赴《おもむ》き、わざと土橋に顔を見せたのであるが、そのときもなにも言わず、態度にも出さなかった。

無反応なのは、なぜなのか。気になる。

そもそも、なぜ土橋は、あの場所にいたのか。

身なりを見るかぎり、役目ではない。夜に、着流しで町を歩く理由がどこにあるのか。

単に遊び歩いていただけかもしれぬが……。

「目が剣呑《けんのん》すぎた」

あのとき、土橋の瞳はひどくつりあがっていて、眼光も鋭《するど》かった。楽しげな様子はなく、危険な匂いすら感じた。

仕事に手を抜く同心が、夜の町を、目をぎらつかせて歩いている。これは、さすがに引っ掛かる。

大岡は小さく息を吐いた。困ったことになった。

正直なところ、自分が夜の町に出ていることは知られたくない。噂になったら出入りは制限され、役所に閉じこめられることになろう。

外に出られなければ、うまい物を食べることはできない。

それは、あまりにもせつない。

「直に聞いてみるか。いや、それで藪《やぶ》をつつくようなことになってもな」

もう少し食べていたかったが、そろそろ奉行所に戻らないと、騒ぎになる。下《げ》男《なん》には言い聞かせてあるが、いつまでもごまかせるものではない。

大岡は金を払って、『ほどほど』を出た。

加賀町の裏手を抜けて、数寄屋橋御門に向かったところで、大岡は着流しの男が大通りを横切るのを見た。

灯りを手にしていたので、顔がよくわかった。

土橋だ。左右を見まわしながら、東に向かっている。

一瞬だけ迷ってから、大岡はあとをつけた。

この前より殺気だっている。尋常ではない空気だ。

土橋は、尾張町《おわりちょう》の角を折れて南に向かい、そのまま新橋《しんばし》を渡った。

足を止めたのは、芝口《しばぐち》二丁目の裏手にまわったときだ。武家屋敷の向かいに立つ大きな建物の前に立つと、左右を見まわしてたたずんでいた。

「おう、ここは」

料理茶屋の大黒屋だ。江戸屈指《くっし》の名店で、武家の接待にも使われることがある。大岡も一度だけ訪れたことがあった。

たしか、鯛《たい》の吸《す》い物《もの》を食べたのを覚えている。旨味と風味が凝縮《ぎょうしゅく》されたような、まさに絶品であった。

同心の給金で通うのは、とうてい無理な店だ。

そんな店に、なんの用があるのか。

しばらくすると、大黒屋から小僧《こぞう》が出てきて、土橋と何事か話した。遠くて表情はよくわからなかったが、緊迫した空気は感じられた。

土橋は小僧に言い含《ふく》めると、来た道を戻りはじめた。大岡は彼をやりすごし、あとをつけていく。

新橋を渡ると、土橋は山王町《さんのうちょう》の屋台に入った。

弱い明かりがその横顔を照らしたが、表情はひどく硬かった。

五

翌日も、その次の日も、大岡は夜になると奉行所を抜けだして町に出た。

あえて食べ歩きはせず、尾張町から新橋のあたりをうろついていると、土橋を見かけた。ほぼ同じ時刻に新橋を渡って、大黒屋の前に立ち、小僧と話をして戻ってくる。

表情は強張《こわば》っていて、帰りに屋台で蕎麦《そば》を食べていたが、味はまるでわかっていないようだった。

五日目には、小僧と会ったとき、物を手渡しているのが見えた。そのときは小僧も、ひどく緊張していた。

その日、大岡は吉宗に新しい仕事を命じられ、江戸城に残って役目を片付けていた。奉行所に戻ったのは夕方になってからで、雑務を処理し、明日の準備を終えると、日は完全に暮れていた。

遅くなったが、かまわず町に出た。

土橋を見かけたのは、新橋の手前だった。柳《やなぎ》の陰《かげ》に隠れて、何事か話をしている。

大岡が隠れて歩み寄ると、女の声が響いてきた。

「もう駄目なんです。店を守るにはこれしか……」

ひどく思いつめた声だ。

「駄目だ、おみよ。そんなことさせるわけにはいかない。これはあずかる」

「やめてください。返してください」

「放せ。怪我をするぞ」

大岡が様子を見ると、女が土橋の腕をつかみ、激しく揺するところだった。

土橋は腕を高くあげて、女から遠ざかろうとする。

その手には、短刀《たんとう》があった。抜き身で、月の光を受けて妖《あや》しく輝《かがや》く。

土橋が女を振り払って、手をあげる。

女の目が大きく開かれたところで、大岡は前に出ていた。

「やめんか。なにをしている」

大喝《だいかつ》すると、ふたりの動きはぴたりと止まった。

「こんな往来で、刃物を振りまわすとは。物騒《ぶっそう》にもほどがあるぞ」

そこで、ようやく土橋が顔を動かした。剣呑な瞳を向けてくる。

「なんだ、おまえは」

「どうでもよい。さっさとその短刀を渡せ」

「おまえには関係ないだろう。よけいな口出しをするな」

「そうはいかぬ。見てしまったことを、なかったことにはできぬ」

大岡は土橋に歩み寄った。

「それに、おぬしと儂とはかかわりがある」

「どういうことだ」

大岡は、女から距離を取ってからささやいた。

「儂の顔を忘れたか。土橋孫助」

「なんだと」

「ほれ、よく見てみろ」

灯りが彼の顔を照らす。大岡の顔が視界に入ったところで、土橋の表情が凍《こお》りついた。

「お、御奉行さま」

「そうよ。儂よ」

ようやく気づいたか。反応が遅すぎる。

「……どうしてこんなところに。しかも、こんな時間に」

「役目ではないぞ。ちょっと用があっただけよ」

「いったい、なんの用が……」

「それも含めて話をしよう。まずは、その物騒なものを渡せ」

呆然《ぼうぜん》としている土橋から、大岡は短刀を奪い取ると、先に立って歩きはじめた。

途中で振り向くと、ふたりはその場に立ち尽くしている。大岡がついてくるようにうながすと、ようやく足が動きはじめた。

彼らが向かった先は、『ほどほど』だった。

到着したとき、太助は店じまいの準備をしていたが、大岡を見ると一礼して、三人を店内に案内した。

「あまり物ですが」

そう言って太助が出してくれたのは、卵蒲鉾《たまごかまぼこ》だった。

鱧《はも》をすりのばしてから卵の白身《しろみ》を多めに入れて、さらにすりのばす。そのあとで寒《かん》ざらしの粉を少し白身で解いて混ぜ、蒸籠《せいろ》で蒸す。その前に少し火で炙《あぶ》っておくと、見映えがよくなる。

十分に手をかけた料理であり、あまり物のはずがない。すばらしい手際《てぎわ》だ。

「まずはいただこう」

大岡は卵蒲鉾を頰張《ほおば》る。

鱧のすり身と卵の白身が、なんとも言えぬ食感を生みだす。

これはうまい。

土橋も目を丸くしていた。一瞬で食べ終えてしまったのは、それだけ味がよかったからだろう。

「いいですな。うまいです。まさかこんな店で、こんな物を出してくるとは」

「奉行所では言うなよ。儂が来にくくなって困る」

大岡は、そこで娘に目線を送った。

「口に合わなかったか。箸が止まっているようだが」

「い、いいえ、そんなことは」

娘は、卵蒲鉾に箸をつけた。その表情は硬いままだった。

大岡が話を切りだしたのは、ふたりが食べ終えてひと息ついてからだった。太助は姿を見せず、店には彼ら以外、誰もいなかった。

「さて、では話をしようか。その前におぬし、名は」

大岡に問われて、娘はゆっくりと応じた。

「みよと申します」

「どこの者だ」

「それは……」

おみよはうつむいた。整った顔に影が差す。表情はよくなかった。目の下には隈《くま》があり、頬も痩《こ》けている。ひどく疲れているようで、精気が感じられない。身体もほっそりとしており、病気ではないのかと疑ってしまう。

大岡は話しかけたが、おみよはぼんやりと返事をするだけで、肝心なことは聞きだせなかった。

「これでは、埒《らち》があかぬな」

大きく息を吸うと、大岡はおみよを見た。

「よいか。儂は奥田松之輔。いまは隠居の身で、好き放題にやっている。ただ、町の揉《も》め事《ごと》には少々くわしくてな。おぬしの力になれるかもしれぬ。わざわざここへ連れてきたのも、そのためだ」

土橋が目を丸くしたので、大岡は目線でうまく話を合わせるように訴《うった》えた。

「さあ、話をしてみるといい」

おみよは土橋を見た。その目に不安がある。安心させるように、土橋がひとつうなずくと、ようやく顔をあげて大岡と目線を合わせた。

「失礼いたしました。さきほども申しましたが、私の名はみよ。大黒屋の主《あるじ》、徳《とく》右衛門《えもん》の娘です。いまは病気の父親に代わって、店の切り盛りをまかされています」

「あの大黒屋の娘か。これは驚いたな」

なんとも意外な告白だ。

「大黒屋といえば、儂……いや、知りあいが使ったことがあると言っていた。海産物の扱いに長《た》けているとか。夏でも活《い》け造《づく》りを出し、客を驚かせると言う」

「ありがとうございます。店の者に助けられております」

おみよは穏やかに応じた。口調が丁寧なのは、体調がいまひとつのためだろうが、もともとの気質も穏やかなのであろう。

「大黒屋は、伯父が二十年前に開いた店です。しばらく伯父と父のふたりで営《いとな》んでいましたが、伯父が病で亡くなってしまい、父が跡を継ぎました。店は最初、上野《うえの》でしたが、芝口の御門が整えられた際にこちらに移転して、そのときにいまの形にしています」

「料理茶屋としたのも、そのころだったな。八百善と同じ時期だった」

「八百善のご主人とうちの父は知りあいで、料理人を紹介する仲でした」

事情にくわしいとわかってか、おみよの声は明るくなった。

「いろいろと助けてもらって、ようやく店の形が整いました」

「いまは繁盛《はんじょう》しているように見えるが、なにか問題を抱えているとか」

「はい。じつは……」

おみよが見ると、土橋はうなずいた。話してよいと目で訴えている。

「じつは、うちの店が脅されていまして」

「物騒な話だな。誰にだ」

「銀次《ぎんじ》という、先代の息子です」

「先代は伯父だったな。つまり、銀次はおぬしにとっては従兄弟《いとこ》ということになるか。その者が、なぜ店を脅す」

「それは……」

銀次は名の知れた暴れん坊で、十代のころから上野界隈で悪さをして、町の者から目の敵《かたき》にされていたと、おみよは語った。

先代が注意しても聞かず、勝手に店の金を持ちだしては博打に使い、大負けすると暴れて、渡世人に睨《にら》まれる。そんな生活を繰り返していた。

先代は更生《こうせい》させようと努力したが、うまくいかず、結局、勘当《かんどう》した。博徒《ばくと》相手に大喧嘩《おおげんか》をして、店を取り囲まれてしまい、これではやっていけないと考えてのことだった。悪い筋《すじ》に借金もしており、放っておけば店が奪い取られる可能性もあったようだ。

「捨て台詞を残して、銀次さんは出ていきました。私も店にいたので、よく覚えています」

「そのあと、銀次はどうした？」

「行方不明でした。上方へ行ったという噂もありましたが確かめようもなく、そのままにしていたのです」

「店主が亡くなったり、店の場所が変わったりで、いろいろ大変だったのです」

土橋が口をはさんできた。

「おみよも苦労しました」

「その銀次が舞い戻って、大黒屋を脅していると」

「はい」

姿を見せたのは半年前で、そのときに、先代から渡された譲《ゆず》り状《じょう》なるものを見せられた。万が一のことがあったら、店は銀次に残し、残った財産は現当主である徳右衛門に渡すという内容だった。

「それは、間違いなく先代が書いたのか」

「はい。筆は伯父のもので、印も押してありました」

「なんとまあ、面倒なことを」

「父は突っぱねたのですが、その後も銀次は姿を見せて、店に脅しをかけてきました。板場《いたば》で博打にはまった者がいて、銀次はその者やほかの渡世人と組んで悪さをして、たびたび喧嘩も起きています。辞める者も多くて、店をまわしていくのが難しくなっているのです」

当主の徳右衛門は、銀次の脅迫もあってか体調を崩《くず》し、いまはおみよが店をまとめあげていた。

「なるほどな。それは大変だ」

「正直、どうしていいのかわからなくて」

「それで、土橋に話をしていたのか。ただ、この物騒な代物《しろもの》はなんだ」

大岡は取りあげた短刀を置いた。

「これで、銀次をどうにかするつもりだったか」

おみよは顔を伏せた。沈黙がなによりも本心を語っていた。

「やめておけ。銀次を刺せば、大黒屋は終《しま》いだぞ。たちまち噂になって、店は立ちいかなくなる。寿命を縮《ちぢ》めるだけだ」

「手前もやめろと言いました」

　土橋はおみよを見た。

「ですが、じっとしてはいられないようで。店が悪くなるのをただ見ているぐらいならば、できることをしたいと申しています」

「気持ちはわかるが、思いつめてもしかたあるまい」

　大岡は腕を組んだ。口を開くまでには、やや時を要した。

「それで、おぬしはどうしたい。銀次を追い払って店を守りたいのか」

「いえ。譲り状は本物ですから、銀次さんに店を譲ってもかまわないと思っています」

「おみよ、それは……」

「いいんです。大黒屋を作ったのは、伯父ですから、その遺志に逆《さか》らうことはできません」

　おみよは淡々《たんたん》と語る。

「ただ、店が穢《けが》されるのは耐えられません。伯父も父も精力を注いで、店をよくしてきました。金まわりがうまくいかず、逃げだそうかと思ったこともあったようです。きわどいところで踏みとどまって、ようやく人さまに喜んでもらえる店を作ることができました。それが穢されるところは見たくないのです」

「なるほど」

「店を譲るなら譲るで、ちゃんとしたいのです。このまま店が取られるのは、誰のためにもなりません。それぐらいなら……」

「だから、思いつめるなと申しておる」

「なんとか助けてやってもらえませんか。おみよは精一杯、やっているんです」

土橋が頭をさげた。

気がつけば、ふたりは並んで座っており、その肩はいまにも触れそうである。

ずいぶんと近いが、双方とも気にした様子はない。

いや、これはもしかしたら……。

「おぬし、大黒屋の件にずいぶんとこだわるが、なにか理由があるのか」

「たまたま縁がありまして」

土橋は、おみよと自分が幼馴染《おさななじ》みであると語った。彼の母親は町民で、徳右衛門とは親戚のような付き合い方をしていたが、縁があって武家の養女となり、土橋の父親のもとに嫁《とつ》いだ。

結婚してからも交流は続き、土橋はよく大黒屋に赴き、おみよと遊んでいたとのことだった。

「そういえば、おぬし、所帯《しょたい》を持っていなかったな。なにか理由があってのことか」

「それはその……」

土橋はうつむき、おみよの顔も赤くなった。

どうやら、大岡の読みは当たっていたらしい。

有名料理茶屋の娘とやさぐれ同心がよい仲とは……世の中は、驚異と不条理《ふじょうり》で満ちあふれている。

「あの鯛の吸い物が食べ放題とは羨《うらや》ましい……」

「は、なにか」

「いや、なんでもない」

大岡は咳払《せきばら》いした。

「さすがに放ってはおけんか」

「なんとか力を貸してくれませんか。お願いします」

「まずは、その銀次なる者をどうにかせねばなるまい。譲り状の件は置いておいても、つまらぬ振る舞いで、店の評判がさがるようでは困る」

「銀次がひとりで仕掛けているのなら簡単なのだが、渡世人を率《ひき》いて、店を脅しているとなるとな」

「さようで」

そこで、大岡は首をひねった。

騒ぎが大きくなっているのに、なぜ、町方が動かないのか。

大黒屋は大店《おおだな》であり、与力や同心とも付き合いがある。早々《そうそう》に相談を持ちかけられているはずであり、馴染みの同心が手を打っていてもおかしくはない。

銀次がいかに暴れ者でも、お上にはかなわない。それはわかっているはずなのに、いまだに動きがないのは、どういった理由なのか。

そもそも、土橋が銀次をひっくくってしまえば、それで済むはずなのに、なぜ、そうしないのか。

わからぬことが多すぎる。ここは調べるよりあるまい。

六

その日、棒手振の三吉は、女が争っているのを呆然と見ていた。

最初は言い争いだったが、いまや互いの顔を引っ掻き、着物を激しく引っぱるありさまだ。先刻は、年増《としま》の女が嚙みつこうとしたぐらいで、振る舞いは荒々《あらあら》しくなるばかりだ。

なんとかしたいが、子どもの自分にはなにもできない。

どうしよう。

三吉が視線をさまよわせたとき、声がした。

「これ、なにをしている」

かたわらに、見知った顔の武家が歩み寄ってきた。痩せぎすで、濃緑《こみどり》の着流しが浮きあがって見えるほどなのに、妙な迫力があって、自然と目が惹き寄せられてしまう。

「あ、奥田さま」

奥田松之輔は、三吉が出入りする一膳飯屋の常連で、顔を合わせて挨拶したこともある。三吉はその店に野菜を売っていて、奥田はそのことを知っているとばかり思っていたのだが、彼はまったく気づいておらず、他のところから仕入れていると勘違いしていた。

「どうした。ここでなにをしている」

「たまたま、通りかかったんだよ。それより、あれ」

三吉は、ふたりの女を見た。

「さっきから、ずっとあの調子で」

「なんなのだ、いったい」

「女の人が反物《たんもの》を持っているでしょ。あれをずっと取りあっているんだよ。どちらも自分の物だと言い張って、端《はな》から喧嘩腰《けんかごし》で」

「なるほどなあ」

「どうにかしたいんだけど、どうにもならなくて……あ、待ってよ」

三吉が見ている前で、奥田はふたりに歩み寄っていた。

「これ、ちょっとよいかな」

奥田が声をかけると、ふたりは争いを止めた。視線は奥田に向く。

三吉は驚いた。こんなに簡単に騒ぎがおさまるなんて。いったい、どうして。

「いったい、なにをしている。ここは往来であるぞ。町の者も気にしている」

「なにって、その反物を返してもらうんだよ。それはあたしのなんだから」

「違います。これは、私がいただいた品です。苦労して、拓三《たくぞう》さんが手に入れてくれて、ようやく……」

「勝手なことを言うな。それは、あたしのだよ」

「待て待て。ゆっくりでいいから、顚末《てんまつ》を聞かせよ」

奥田にうながされて話をしたのは、ひ弱な娘だった。

おまつと名乗り、反物を呉服屋から引き取って、長屋に持ち帰る途中、いきなり、もうひとりの女に絡《から》まれて喧嘩になったとのことだった。

「だから、それはあたしのだって言っているだろう」

おいよと名乗った年増の女は、反物屋に頼んでいた品が勝手に売られていることに気づいて愕然《がくぜん》とした。なんでも、二年も前から頼んでいた品で、仕上がるのを楽しみにしていたらしい。

勝手に奪われて、黙っているわけにはいかない。

店の者に話を聞いて、取り返しに行く途中で、おまつと会い、返してくれるように訴えた。

しかし、おまつは聞かずに、喧嘩になった。

「なるほどなあ。すべての元凶は、その反物か。どれ、見せてみろ」

奥田が言うと、おまつは素直に渡した。

「なるほど、上物の綿か。よくできている」

「でしょう。京で作った極上品なんですよ。こんな貧乏人に手に入れられるわけがないんですよ」

「ですから、これは知りあいの職人さんがずっと前から頼んでいて、ようやくできあがって。あの人はこれを着て、俺の女房になってくれって……」

「また作り話をして。いいから返しな」

「駄目です」

「まあ、待て」

争いがふたたびはじまりそうになったところで、奥田が割って入った。

「よし、話はわかった。双方とも、この反物が自分の物だと言うのだな。この点で引くつもりはないと」

おまつとおいよは同時にうなずいた。

「そうか」

奥田は、そこで指を鳴らした。

パチンパチンと二度で、それはよく響いた。

「では、しかたがない。力尽くで奪い取るがよい」

「えっ」

声を出したのは、三吉だった。驚きが隠せない。

「こうなったら、しかたがないだろう。反物を伸ばして、一方の端《はし》をおみよ、もう一方がおまつが持て。それを両方から思いきり引っ張れ。本物の持ち主ならば、反物が自然と引き寄せられるであろう」

「そんな……」

「いいよ。それでやってやろうじゃない」

強気に言い放つおいよに対して、おまつの表情は渋かった。力比べになったら負けるとわかっているからだろう、と三吉は考えた。

「いいんだよ。やらないのなら。あたしがもらうから」

おいよに言われて、おまつは渋々《しぶしぶ》うなずいて、反物の端を持った。

一方のおいよは、反物そのものを持って、布を指でおさえる。

「よし。はじめ！」

ふたりが力を入れると、反物は激しく引っ張られることになった。布は、三尺ほど出ているだろうか。

三吉の目にも、優勢なのはおいよだとわかった。

おまつも抵抗していたが、視線が反物に向いた途端、腕の力がゆるんだ。ぱっと手放して、その場で膝《ひざ》をついてしまう。

「やった。これはあたしのだ。あたしがもらうよ」

おいよが反物を大きく振りあげる。奥田が歩み寄ったのは、その直後だ。

「いや、駄目だ。反物はおまつのものだ。返してやれ」

「なんだって、約束が違う」

「おぬし、その反物は京に頼んで、時をかけて作ってもらったと言っていたな。手間がかかっていると」

「そうだよ。だから……」

「その反物を引っぱれば、どうなると思う。生地は傷んで、下手をすれば切れてしまう。違うか」

おいよは息を呑んだ。

「それがわかったから、おまつは手を離したのだ。反物に対する思いの深さがなければ、これはできぬ。持ち主が誰であるかは、これであきらかだ」

「そんな、こんなことで……」

「町方が来たようだ。あとの話は、あやつらにするのだな」

三吉が振り向くと、同心とその手下が駆け寄ってくるところだった。騒ぎを聞きつけて、やってきたのであろう。

これで安心と思って三吉が視線を戻すと、いつしか奥田の姿は消えていた。

残されていたのは、立ち尽くすふたりの女と、吹きつける春の風だけだった。

七

思わぬ騒ぎで手間取ったものの、大岡はなんとか待ちあわせの場所に赴いた。

土橋の姿を見かけると、声をかける。

「おう。こっちだ」

「これはおぶ……いえ、奥田さま」

「迂闊《うかつ》だな。まあ、この格好であれば、正体はばれぬか」

綿の絣に安物の帯というでたちから、いまの大岡を町奉行と思う者はいない。

変装は完璧《かんぺき》だ。

一方、土橋も使い古しの着流しだ。月代《さかやき》の手入れもしておらず、貧相な風袋《ふうたい》と重なって、仕事がない浪人者のように見える。

「おう、ちょうどよいところに団子屋《だんごや》がある。そこの縁台《えんだい》を借りよう」

土橋がついてこなかったので、大岡は足を止めた。

「どうした」

「あの、その団子屋、京橋界隈で評判になっていますよね。甘さをおさえたみたらし団子が絶品だと。もしかして、張り込みの場所をここにしたのは……」

「馬鹿を言うな。ここなら、そこの茶屋がよく見える。張り込みにはちょうどよい。ついでに、うまい団子を食べられるなら、それに越したことはない」

「……食い意地が張りすぎでしょう」

土橋は呆《あき》れたように吐息をつきながらも、大岡のあとに続いた。

ふたりが縁台に座ると、太った娘が注文を取りにきたので、大岡はみたらし団子を頼んだ。視線は、右前方の茶屋に向く。

「あの店に、銀次は三日とあげず来ている。動くとすれば今日だ」

「さようで」

「大黒屋の娘には言ってあるのだろう」

「はい。銀次が来たら強気に出るように、なんなら怒らせてもかまわないと」

「娘の様子はどうだ」

「かなり疲れています。いつ倒れてもおかしくありません」

「そうであろうな」

ここのところ、銀次の振る舞いはひどくなっており、一昨日には渡世人の一団を率いてきて、店の前で暴れたとのことだった。おみよがみずから追い払ったが、乱暴者を相手に戦うのは、相当にしんどいだろう。

「早めに片付けてやらんとな」

「そうしたいところです」

「お、来たようだぞ」

大通りを横切って、目つきの悪い男が姿を見せた。いかにも遊び人といった縞の小袖と派手《はで》な帯で、懐《ふところ》に手を突っこんでいる。

「あやつが銀次か」

「そうです」

銀次は左右を見まわしてから、茶屋に入った。

「さて、どう動くか」

そこで、娘がみたらし団子を持ってきた。すぐに大岡は手に取って、食いつく。

「うむ。うまい」

思わず声が出る。

「おぬしも食え。噂に違《たが》わぬ味だぞ」

「はあ」

土橋は団子を手にしたが、口には入れず、間を置いてから大岡に視線を向ける。

「聞きたいことがあるんですが、よろしいですか」

「かまわんぞ」

「お、いえ、奥田さまは、なぜ、銀次があの店に来るとわかったのですか」

「十年前、銀次が騒動を起こしたとき、町廻《まちまわ》りの同心が調書を残した」

大岡はためらうことなく応じた。

「そこに、住処《すみか》が京橋と記されていた。帰ってきたら、馴染みのある地に住みたいと思うものだろう。十年も経てば、ほとぼりも冷めているしな」

「調書があったのですか。よくご存じでしたね」

「おう。書庫の奥にある三番目の棚の、上から二段目だ。三つ重ねてあって、その真ん中だ」

「……覚えているのですか」

「あたりまえだろう。知らなければ、書類の整理はできんよ」

吉宗に命じられて、大岡は記録に残っている裁判記録を整理した。後《のち》の参考にするためで、じつに手間がかかった。

「では、あの店に顔を出すのは……」

「あの界隈で、飯がいちばんうまいからだよ。ほら、三年前、浪人者があの店の前で騒ぎを起こしただろう。刃傷沙汰《にんじょうざた》になって大変だった。調書が残っていて、飯がうまいから、あの店にはよく客が来ると記してあった。浪人者が来たのも、話を聞いてのことだ」

「それも、頭に入っているのですか」

「もちろんだ。調書の千や二千、覚えられずにどうする。仕事に必要だろう」

面倒《めんどう》くさいが、町奉行を引き受けてしまった以上、やるべきことはやらねばならぬ。裁判記録を頭に叩きこむのは、大岡にとっては当然の仕事だった。

大岡の頭には、過去十年分の調書が刻みこまれていて、いつでも自由に引きだすことができた。

「……どうした」

「いや、なんと言いますか……そんなこと、普通の奉行はなさいませんよ」

「ほう、そうか。あたりまえだと思っていたが」

「どのぐらい記録があると思っているんですか、この十年で」

「五百三十二だ。たいした数ではないな」

「御奉行さま、それは……」

「おっ、出てきた。つけるぞ」

大岡は呆然とする土橋を伴《ともな》って、あとを追った。

「大黒屋に行くつもりでしょうか」

「それなら、仲間を連れていくだろう。今日は違うな」

銀次は新橋の手前で左に曲がって、汐留川《しおどめがわ》に沿って海辺に向かった。足を止めたのは、木挽町《こびきちょう》七丁目に面した船着き場だった。

周囲を見まわしてから、停泊中の屋根船《やねぶね》に乗りこむ。

なおも様子をうかがっていると、横丁から恰幅《かっぷく》のよい男が姿を見せた。供《とも》の者を船着き場に待たせて、自分は屋根船に入った。

「あやつは……」

「知っているな」

「はい。廻船問屋の相模屋喜兵衛《さがみやきへえ》ですよ」

土橋は静かに語る。

「相模小田原《おだわら》の生まれで、若いころに江戸に出てきて、相模屋の跡取りになったんです。店が大きくなったのは、この十年ですかね。茅場町《かやばちょう》にでかい屋敷があって、さんざん遊び歩いているとか。最近では、遠州屋《えんしゅうや》の三左衛門《さんざえもん》と吉原《よしわら》で張りあったと聞いていますぜ」

「その相模屋と銀次が同じ船に乗った。つまり……」

「裏で糸を引いているのは、奴ですな」

譲り状があったとはいえ、江戸に帰ってきたばかりの銀次がいきなり大黒屋に乗っ取りを仕掛けてきたのは、いかにも不自然だった。誰かが背後におり、資金と人を提供していると睨《にら》んでいたが、それが喜兵衛だったわけだ。

「相模屋が相手では、簡単にはいきませんよ。ちょっと脅したぐらいでは、手を引かないでしょう」

「そうだな」

「早々に戻って、打つ手を考えませんと」

「焦《あせ》るな。まだ終わりではない」

「どういうことですか」

「もう少し様子を見たい」

屋台の縁台に腰をおろすと、大岡は蕎麦を注文した。

「待ってください。いくら食い意地が張っているからって、こんなときに……」

「静かに。来たぞ」

武家屋敷に通じる細い道を抜けて、同心が姿を見せた。黒羽織に黄八丈というでたちは、じつによく目立つ。

同心は左右を見まわすと、目立たぬように頭をさげて船着き場に歩み寄った。

最後に屋台に顔を向けてきたので、大岡たちはあわてて顔をさげる。

同心は、先だって銀次と喜兵衛が乗りこんだ屋根船に足を踏み入れた。その直後、船は川に沿ってゆっくりとくだりはじめた。

十分に距離が離れたところで、土橋がささやいた。

「見ましたか。御奉行さま」

「ああ、見た。あれは」

「速水さまでしたな」

南町奉行同心であり、大岡の信頼も厚かった速水が、銀次や喜兵衛と同じ船に乗りこんで、海に向かった。

これがなにを示しているか、もはや考えるまでもなかった。

八

銀次、喜兵衛、速水が顔を合わせた場に立ちあった大岡たちは、急ぎ、三人のつながりがどのようなものか調べた。

手間取るかと思われたが、銀次の動きが派手だったこともあり、彼らを結ぶ糸を炙りだすまで、さして時はかからなかった。

喜兵衛は銀次を金銭的に支援する一方で、大黒屋の内情を調べあげて、博打に身をやつしている板前に脅しをかけ、料理の質をさげさせた。

さらには、その板前と仲がよかった手代を騙《だま》して借金を背負わせ、相模屋の手先にするや、内側から揺さぶりをかけていた。

ほかにも、喜兵衛は浪人を雇って仕入れ先の小物問屋を脅したり、大黒屋でよからぬ密会がおこなわれているという嘘の読売を出したりして、店の評判が落ちるように働きかけた。

「大黒屋の件で町方が動かなかったのは、速水が裏で手を貸していたからだな」

大岡の言葉に、土橋はうなずいた。

「裏を取りました。速水さまは、あのあとも何度か相模屋と会い、話をしていました。こちらからそれとなく訊ねましたが、とぼけられてしまいました」

「やってくれる」

「相模屋は、南町の同心をほぼおさえています。なにが起きても、大黒屋を助けてくれることはないでしょう。銀次が暴れても見て見ぬふりです」

「見事な手際《てぎわ》だ。よくできたからくりだ」

大岡は苦笑した。その手は、自然と香の物に伸びる。

彼らが話をしているのは『ほどほど』で、ちょうど客足が落ちる時間帯を狙《ねら》ったこともあり、小上がりに座っているのはふたりだけだった。

気を利かせたのか、太助も香の物を置いただけで顔を見せることはなかった。

「銀次なる者、身内だけあって、内情をよくわかっている。これなら徳右衛門が無事でも、店は窮地《きゅうち》に陥《おちい》っていただろうな」

「はい」

「相模屋には、金が唸《うな》るほどある。なにせ、芝口の御門が焼け落ちたあと、修復を申し出たほどだからな。料理屋を乗っ取るのなんざ、わけあるまい」

「金があるのなら、新しく店を作ってもよいでしょうに」

「名前が欲しいのだ」

大岡は、書付《かきつけ》に目を落とした。

「大黒屋は武家にも知られており、その主《あるじ》となれば、会っただけで、ああ、あの大黒屋の、と言われるぐらいの有名店だ。年を取って、名が欲しくなったということだろう」

熟慮《じゅくりょ》のうえで、相模屋喜兵衛は動いている。評判は落とすが、乗っ取ったあとのことも考え、落としすぎないように匙加減《さじかげん》もしていた。

「喜兵衛の作りあげたからくりは巧妙で、打ち破るのは難しい。早晩、大黒屋は相模屋の手に落ち、一家は放りだされるであろう」

「でしたら、早く手を打ちませんと。このままでは……」

「本当に、なんとかしたいか」

「あたりまえです。せっかく、おみよが頑張《がんば》っているのに」

「いっそ店などないほうが、おみよも覚悟を決めておぬしのもとに行くのではないのか」

「な、なにを馬鹿なことを……店の者はどうなるのです。おみよだって店の者が苦しむのは望まぬはずです」

「そうか。それはわかっていたか。殊勝《しゅしょう》なことでなによりだ」

大岡は指を鳴らした。パチンパチンという音は、静かな店によく響いた。

「よし、ならば早々に片付けるとしよう」

「えっ」

「五日だ。それで終わらせる」

「そんな。相模屋だけでなく、速水さまも動いているのですよ。そんな簡単にはいきませんよ」

「いや、逆だ。ふたりが手を組んでいるからこそ、やりやすいのだ。突破口は見えたぞ」

　大岡は自信満々に言いきった。

「まずは、喜兵衛と銀次のつながりを断つ。そのあとは、銀次と速水だ。後ろ盾《だて》を失えば、銀次はなにもできなくなる。早々に追い払うもよし。おぬしが捕らえるのもよし。やりようはいくらでもあろう」

「ですから、どうやって」

「本所問題を使うのが、いちばんよかろうな」

　さりげなく放ったひとことで、土橋の顔色は変わった。青を通り越して、黒くなる。

「知っていたのですか」

「あたりまえだ。本所奉行を廃したとき、儂は町奉行だったのだぞ。書庫の奥の棚、下から二段目の右端に記録が残っている。気になったら、読み返してみよ」

「…………」

「相模屋を揺さぶるには、隠密方《おんみつがた》の調書が役に立つ。じつにおもしろいことが書いてあるぞ」

「……それも場所を知っているのですか」

「だから、当然だと言ったろう。調書のある場所くらい覚えていなくて、どうやって使うことができるか」

吉宗がいつなにを訊いてくるのかわからない以上、調書の所在は完璧に把握《はあく》しておく必要がある。

むしろ、いちいち読み返すのが面倒なので、大岡は内容をすべて頭に叩きこんでいるが、それでも気になったときには、常に原典《げんてん》にあたるようにしていた。

「相模屋が西国《さいごく》でやらかした事件は、評定所《ひょうじょうしょ》に記録がある。そのうち、写しを持ってきてやる」

「それも覚えているので」

「そうだ」

「どこに置いてあるのかも、覚えているので」

「あたりまえだ」

土橋は大きく息をついた。

「信じられません。御奉行さまは、本当に人ですか」

「なんだ、人を化物《ばけもの》のように言って」

「そう言っているんですよ」

「儂は、ただの旗本だよ」

吉宗の無茶《むちゃ》振《ぶ》りに対応していくには、すべての書類を頭に叩きこみ、そのうえで、新しい知恵を絞りだしていくしかなかった。

改鋳にしても空米《くうまい》にしても、最新の知見《ちけん》を取り寄せ、十分に研究したうえで意見を具申《ぐしん》している。

それでも、吉宗はたまにとんでもない話を持ってきて、大岡を驚かせる。

以前、織田《おだ》信長《のぶなが》の業績についてくわしく教えろと言われたときなどは、しばし沈黙した。

「で、そのただの旗本の御奉行さまは、どのように問題を解決するつもりで」

大岡は策を語った。それは、単純で明快だった。

「なるほど、それならいけるかもしれませんね。というか、それしかないかもしれません」

「手を貸してくれるか」

「もちろんです。ただひとつ、気になることが……」

「わかっている。銀次のことだろう」

大岡の策をそのまま使えば、問題は解決できるが、懸案《けんあん》がどうしても残ってしまう。それは、後々《のちのち》まで尾を引くかもしれず、大黒屋の今後を考えれば、早めに片付けておきたいところだった。

「ただなあ……」

「あの……すみません」

声がして、大岡が振り向くと、背後に太助の姿があった。

「聞くつもりはなかったんですが、話が聞こえてしまいまして」

「すまん。声が大きかったな」

「いいえ、勝手に聞いたのはこちらですから。申しわけなく思っています。聞かなかったことにしようと思っていたのですが、ただひとつ、気になることがございまして」

「なんだ」

「銀次という人について、話をしていませんでしたか」

とぼけてもしかたがないので、大岡は素直に応じた。

「ああ、していたな」

「それ、もしかして、大黒屋の銀次さんですか」

「そうだが……なぜ、知っている」

大岡の問いに、太助は長い間を置いてから応じた。

九

土橋と話をしてから三日後、大岡は相模屋喜兵衛と会った。

決着をつけるためである。

場所に大黒屋を選んだのも、そのためだ。おみよを通じて呼びだしてもらい、あえて大岡の存在は秘していた。

それだけに、会談の場に大岡が現れ、名乗ったときの表情は見ものだった。口は大きく開かれ、目はあたかも幽霊と対峙しているかのように驚きで丸くなった。眉毛が細かく震えるのも、じつにおもしろかった。

おもしろかったので、大岡はしばらくその顔を見ていた。

「どうした、相模屋、おかしな顔をしているな」

「い、いえ。そんな……」

「幽霊ではないぞ。儂は生きている」

大岡は声を低めた。

「今日は、内々に話したいことがあって、おぬしを呼びだした。大事にしたくなかったので、大黒屋の名前を借りた。隠していて、悪かったと思っている」

「さ、さようでございますか」

そう応じながらも、喜兵衛は気圧《けお》されていた。普段の偉そうな空気は、完全に消えている。

こちらの狙いどおりだ。町奉行の大岡が事前に会うと言えば、喜兵衛も準備していたはずで、ここまでの動揺は誘えなかっただろう。

不意を突いたおかげで、かなりやりやすくなった。

「さて、話というのは、この大黒屋のことだ。おぬし、この店の乗っ取りを考えているな」

「い、いいえ、そ、それは……」

「とぼけるな。儂がなんの準備もなく、ここへ来たと思うか」

いきなり本題に入った大岡は、土橋が調べあげた乗っ取りの計画を、細かく語った。

銀次のことはもちろん、味方にした手代や出入りの店、さらには嫌がらせをしている浪人者や渡世人のことなどを話し、喜兵衛を驚かせた。

「おぬし、大黒屋を乗っ取った暁《あかつき》には、密会の場にするつもりだったな。武家はなにかと生活が苦しく、常に金を貸してくれる相手を求めている。ただ、迂闊《うかつ》に呼びだして話をすれば、噂になって家の信用にもかかわってくるだろう。そこに、人知れず顔を合わせられる場があれば、喜んで飛びついてくるはずだ」

大黒屋の格式であれば、大名も商人も安心して話ができる。喜兵衛はどちらにも恩を売ることができ、それは今後の飛躍《ひやく》につながるであろう。

大岡は、隠密方の調書から、それを読み取った。

調書があるかぎり、彼にわからぬことはない。

先だって、有島屋の事件を解決したときも、過去の調書に、息子ふたりの行状が触れてあって、大岡は不自然さを感じていた。調べ直したところ、ふたりが博打に溺れていた事実を探りあて、捕縛にこぎ着けたのである。

なぜ、他の者がそれに気づかないのか。

むしろ、大岡にとっては、それが不思議であった。

「ついでに言えば、そこで表沙汰《おもてざた》にはできぬ商いについても、話すつもりだったのであろう。大黒屋ならば芝口からも近く、船から荷をあげるのも簡単だ。人には言えぬ取引もたやすかろうな」

「そ、そんな」

喜兵衛の顔は青くなった。

「そんなことは決して」

「とぼけるな。儂が知らぬと思っているのか」

大岡は喜兵衛を見つめた。

「やりすぎだな、相模屋」

「は、はあ」

「商いを広げたい気持ちはわかるが、このままでは泣く者が出る。徳右衛門もそうであるし、その娘もそうだ。店の者も苦しい思いをしている」

「………」

「このままでは、店の味を保《たも》つことはできぬ。まったく……おぬしは大黒屋の味をどう思っているのか」

料理の技術は、たやすく落ちる。もし、これまでの味が失われたら、いったいどうするつもりだったのか。

そこがいちばん腹立たしかった。

「どう思うか、存念を述べよ」

大岡に問われて、喜兵衛は懸命に言いわけを並べたが、苦しくて、まともに聞いていられなかった。動揺をおさえられないといったところか。

大岡は相模屋の急所を調べあげ、一気につらぬいた。土橋は悪辣《あくらつ》だと呆れていたが、これぐらいは当然の処置だ。

悪事を成すのならばともかく、店の味を守る……もとい、店の者を守るためであれば、やむをえない。

「もうよい。儂の調べが正しかったことはわかった」

大岡は喜兵衛の話を遮《さえぎ》った。

「どうする。なおも乗っ取りを進めるか。ならば、儂も腹をくるぞ」

「そ、そんな」

「徹底的に調べあげ、おぬしの罪を数えあげてもよいのだぞ」

喜兵衛は顔をしかめて、うつむいた。

決着はついていたが、それを認めるのは苦しいのだろう。

金も手間もかけて、ようやく大黒屋の身代《しんだい》をつかむところまできたのに、大岡のおかげで、すべてが無に帰《き》した。自業自得とはいえ、割りきれぬだろう。

ここで追いこめば、すぐに決着はつくが、それは大岡の望むところではない。

「さて、ここで儂から頼みたいことがある。おぬしのためにもなる話だ」

大岡が合図をすると、障子《しょうじ》が開いて、盆《ぼん》を手にしたおみよが入ってきた。一礼すると、相模屋の前に椀と箸を置く。

「蓋《ふた》を開けてみよ」

言われるがままに、喜兵衛は椀の蓋を取った。

「それがなんであるか、おぬしにはわかろう」

「……蛤水晶《はまぐりすいしょう》でございますか。これは見事な」

「そうだ。大黒屋の得意料理だ。食べてみよ」

大岡にうながされて、喜兵衛は箸をつけた。

「……すばらしい。さすがは大黒屋さんですな」

「そう言いたい気持ちはわかるが、じつは違う。その蛤水晶を作ったのは、大黒屋の板前ではない」

「どういうことですか」

大岡は笑って、先を続けた。

さて、ここからが本番だ。

十

喜兵衛ほどではないが、大岡に呼びだされて、速水は動揺していた。対面したとき、その顔は青ざめていた。

「急なお呼びだし、何事でございましょうか」

速水の声は弱く、力を感じられなかった。怯《おび》えているのがわかる。

「うむ。芝口二丁目にある大黒屋のことだ。あの店が乗っ取りに遭っていることは知っていよう。相模屋喜兵衛の仕業《しわざ》で、主の大黒屋徳右衛門を追いだして、自分が後釜《あとがま》に座るつもりでいる」

「初耳《はつみみ》でございます。いったい、どのようなわけで」

なるほど、とぼけるのか。それはそれでおもしろい。

大岡は事の次第を語ってきかせた。銀次が動いていることも、相模屋の雇った浪人者が暴れていることもすべて告げた。

「騒ぎになっているにもかかわらず、おぬしは見て見ぬふりをしておったな」

大岡は切りこんだ。

速水は表情を変えたが、一瞬でもとに戻った。面《つら》の皮は厚いが、それぐらいでなければ、同心のまとめ役はできないだろう。

「あとひと息で、大黒屋は相模屋の手に落ちるところだった。そうなれば、主とその家族は追いだされ、路頭《ろとう》に迷っていただろう。それについてはどう思う」

「かわいそうですが、致し方ないかと」

「黙れ。おぬしら、裏で相模屋と手を組み、大黒屋の件、わざと放っていたな。調べはついている」

速水は息を呑んだ。一瞬で顔色は青を通り越して、白くなった。

「事の起こりは、本所奉行を廃したところにある。七年前のことだな」

長らく本所を支配していた本所奉行は、享保四年に廃止となった。

正徳四年から町並地の支配は町奉行所が握っていたが、廃止によって、権限は一気に広がった。本所松井町《まついちょう》の岡場所《おかばしょ》を取り払うことができたのも、同心の出入りが自由になり、女の動きが逐一《ちくいち》、把握できるようになったからだ。

一方で、廃止により、本所奉行が握っていた権益は宙に浮き、それをめぐって南北奉行所の同心で壮烈な奪いあいが起きた。

名主や家作《かさく》持ちとつながりができれば、大きな利益を手にできる。付け届けだけでなく、名のある大店との付き合いも期待していい。

目の前に餌《えさ》があれば、人が群《むら》がるのも当然であろう。

激しい争いが繰り広げられ、結果、松井町二丁目の権益は南町が握ったのであるが、そのときに尽力したのが相模屋だった。

「じつに、よくできている。これでは目付《めつけ》もわかるまい」

速水は無言だった。

そのころから彼は、同心のまとめ役を務めており、本所の事情にもくわしかった。彼がつなぎ役を務めたのは、あきらかだった。

「詳細は、土橋に教えてもらった。あやつが爪弾《つまはじ》きに遭ったのは、相模屋との裏取引をやめさせようとしたからだな」

土橋は中町からの移籍組であり、南町の権益とは無縁だった。

いかがわしい金の流れが許せず、真相をあきらかにすべく動いたのだが、公《おおやけ》にされては困る速水と南町の同心は、土橋を仲間外れにし、仕事ができぬよう徹底的に無視した。

悪行を隠す南町の姿勢に、すっかりと土橋は呆れ果て、しまいには仕事を放りだし、その後の七年間、両者の関係は冷たいままだった。

「わかった以上は、このままにはしておけぬ。罪を問わねばならぬ」

「そ、それは御奉行さま。ご勘弁を」

「黙れ。相模屋にいいようにさせて、危《あや》うく大黒屋の味……い、いや、店の者を路頭に迷わせるところであったのだぞ。見逃すのはよろしくない」

「ですが、あれはやむをえぬことでして」

「相模屋に言い含められていたくせに。よく言うな」

大岡が語気を強めると、速水は頭をさげた。その肩は細かく震えていた。

少々、脅しがきつかったか。

「かかわった者は閉門《へいもん》。調べ次第では、もっと重い罪もありうる」

そこで、大岡はわざと語気を弱めた。

「……とは申せ、気づかなかった儂も迂闊であった。この件については、ただただ恥じ入るしかない」

大岡は、さりげなく嘘をついた。

彼は、本所の利権を南町の同心が握ったことを、端《はな》から気づいていた。調書を読んでいるうちに、裏で暗闘が起きていることに気づき、実態を把握《はあく》するために家臣を動かして、本所で裏を取っていた。

あえて問いただすことはしなかったのは、吉宗の制度改革で、奉行所の根幹《こんかん》が揺らいでいたからだ。奉行所の乱れで町の治安に影響が出ては、元《もと》も子もない。

ひとまず清濁《せいだく》併《あわ》せ呑み、事を落ち着かせてから問題を解決するつもりだったが、うまく片付けられず、今回の事件を引き起こすきっかけになってしまった。本所の利権を整理するためにも、ここはうまく手を打っておきたいところだ。

「本所の件、あらためて北町と話しあい、縄張りを定めたいと思う。大きく変わらぬように手は尽くすので、しばし待つがよい。その間に、相模屋とは手を切っておくように。話はつけてある」

「本所から手を引かずともよいので」

「同心には同心の都合があろう。無理せずともよい」

「ありがとうございます」

「ただし、筆頭同心の座からはおりてもらう。そこは土橋にまかせる」

「なんと。それは……」

「決めたことだ。もう変えぬ」

速水にとっては屈辱《くつじょく》であろうが、譲るつもりはなかった。さすがに、お咎《とが》めなしでは示しはつかぬ。

速水は口を動かしていたが、なにも言わず、そのまま頭をさげた。みずからの保身を優先したのであろう。

「あらためて申しつける。大黒屋からは手を引け。いますぐにな」

「もちろんでございます。相模屋とも、すっぱり手を切らせていただきます」

身勝手な答えであるが、それこそが大岡の望みであった。

これで、ひとつ片付いた。あとはひとつだけだ。

十一

大岡が奉行所を抜けだし、町中を歩いていると、大きな足音が響いてきた。加賀町の角を曲がっても、ついてくる。

時刻は戌の刻になろうとしている。まだ寒いこともあって、ひとけは少ない。

この時間に出てきたのは正解であった。

大岡は惣十郎町《そうじゅうろうちょう》の角を南に折れると、汐留川に向かった。足音がひときわ大きくなったのは、水面《みなも》が視界に入ったときだった。

「この野郎、よくも邪魔《じゃま》を……」

男が飛びだしてきて、大岡に向かってきた。その手には短刀がある。

「おまえのせいで、俺は……」

男が短刀を振るってきたので。大岡はさがってかわした。

刀に手はつけない。正直なところ、余裕がなかった。

大岡はさがり、男はなおも短刀を突きだす。

追いつめられ、汐留川がその背中に迫《せま》ってきたところで、横丁から着流しの武家が現れて、男の背後に近寄った。

土橋だ。

「そこまでだ、銀次」

銀次が振り返ると、それを待っていたかのように土橋は十手《じって》を取りだして、腕を叩いた。

短刀が落ちたところで、土橋は銀次の腕をおさえる。

「おとなしくしろ」

「てめえ、離せ。この野郎。俺はこいつを……」

「おぬし、この方が誰であるのか知らないのか」

「知らねえよ」

銀次は、大岡を睨みつけた。

「こいつが邪魔をしたんだ。もう少しで大黒屋を乗っ取ることができたのに。相模屋ともいつの間にか話をつけて。同心にも追いかけられて、俺はもう……」

「だから、自棄《やけ》になったのか」

大岡は銀次に歩み寄った。

月明かりに照らされた顔は整っており、身体もほっそりしていた。縞の小袖を着こなして、怒りで顔をゆがめていても、人目を惹く雰囲気を漂わせていた。

「離せ。くそっ。俺はあの店を……」

「わかった。離してやるから、ちょっと付き合え」

大岡が銀次を連れていった先は、『ほどほど』だった。

事前に話をしておいたので、ほかに客はおらず、店内で待っていたのは太助だけだった。

土橋が手を離すと、銀次は草履《ぞうり》を履いたまま小上がりにあがって、彼らを睨みつけた。

「なんだよ。こんな汚い店に連れてきやがって」

「そう言うな。太助、よいか」

大岡が声をかけると、太助が板場から椀を持ってきてすぐにさがった。

蓋が閉じているにもかかわらず、よい匂いが漂ってくる。

「さて、銀次、大黒屋の件であるが、すべて露見《ろけん》している。明日にでも町方が来て、おぬしを引っ捕らえることになろう。相模屋も南町も手を引いている。かばってくれる者はもういない。腹をくくるのだな」

銀次は息を呑んだ。

「罪は重い。ただ、お上にも情けはある。儂の言うことを聞いて、納得させてくれれば、このまま解き放ってもよい。どこに行こうが、おぬしの勝手だ。その代わり、下手《へた》を打てば、それこそ罪を問わせてもらう」

大岡は、小上がりに置かれた椀を手にした。

「まずは、この椀を味わってもらおうか」

「ふざけるな。誰が、こんな店の物を食うかよ。俺は、大黒屋の跡継ぎだぞ。そこいらの連中とは舌が違うんだよ」

銀次は大岡を睨《にら》みつけた。

「いったいなんだよ、おまえは。勝手なことばかり抜かしやがって。お上に情けがあるとか言いやがって。そんな好き放題していいのかよ」

「できるさ。だから、おぬしにここで食べてほしいと思っている」

大岡は、そこで声の調子をさげた。

ここだけは、本音で攻めるしかない。彼が本心からこの料理を味わってくれなければ、こちらの思いを伝えることはできない。

「さあ、食べてみよ」

ためらっていたが、やがて銀次は椀を手に取り、蓋を開けた。

その表情が大きく変わる。

「これは……」

「そう。蛤水晶だ。大黒屋の名物だよ」

銀次は箸を取り、具をほぐして口に入れた。呼吸が大きく揺れる。

「間違いない。これは親父の店の味だ。十年前と同じだ……」

銀次の顔から険《けわ》しさが消える。代わって現れたのは、さながら少年のような清《きよ》らかな表情だった。

「出ていく前の日、親父はこれを出してくれた。覚えておけと言って。だけど、俺はひと口食べただけで捨てた。忘れるつもりで……忘れたはずだった。なのに……」

「そうか」

「なぜ、これがある。作ったのは……」

「おひさしぶりです。銀次さん」

ふたたび太助が出てきて頭をさげた。

銀次は息を呑む。

「おまえ……太助か。どうして、こんなところに」

「待っていたんですよ。銀次さんを」

「なんだって」

「銀次さんが店を飛びだしたって聞いて、それで、自分のしでかしたことがわかって、いつか恩返しがしたいと思って……そのときに備えていたんです」

太助は、若い時分は放蕩者《ほうとうもの》で、派手に金を使っては借金漬けの日々を送っていたらしい。とくに女遊びはひどく、それが原因で上方にいられなくなり、江戸に出てきたのだという。

最初に選んだ修業先は早々に飛びだし、その三か月後、大黒屋に入った。先代の主は、太助が問題児とわかっていたが、料理の腕を見込んで受け入れた。

ただ、放蕩は大黒屋に勤めはじめてからも変わらず、一時は根津《ねづ》権現《ごんげん》門前町の娘に入れこみ、ひと月に二十両も使って店の者を困らせた。喧嘩も多く、血まみれで店に帰ってくることもあった。

とても面倒は見きれない、と店の多くの者が見限ろうとしたとき、かばったのが銀次だった。

こいつは腕はいい。いつか大物料理人になるから置いてくれ……と頭をさげたのである。

「同じ放蕩者として放っておけなくてな」

そう銀次は語ったらしい。うまくいかない世の中に腹を立て、つい暴れたくなってしまう気持ちはわかる、とも。

励《はげ》まされて、太助は生活をあらためたが、荒くれ者は見逃してくれず、徒党を組んで大黒屋に押しかけてきた。そのときに立ち向かったのも銀次であり、相手を叩きのめして、二度と店に来ないように誓約させた。

しかし、それがきっかけで、銀次の悪評は広がり、江戸中の渡世人から目をつけられ、最後に大きな騒動を起こし、大黒屋から追いだされてしまった。

「銀次さんがいなくなって、自分がなにをしでかしたか、ようやくわかりました。申しわけなくて店を辞めようかと思ったのですが、先代に止められまして」

「親父が」

「あいつはかならず帰ってくる。だから居場所を作っていてくれ、と頭をさげられました」

太助は先代と話をしたときに、譲り状の話を聞いたようだ。

親馬鹿なのはわかっている、それでも、あいつには幸せになってほしい。

そう言って、のちのち騒動が起きるかもしれないとわかりつつ、譲り状を作ったとのことだった。

「泣いてましたよ、先代は。つらそうでした」

銀次はうつむく。その肩は細かく震えている。

「大黒屋は当代の働きで大きくなり、そのおかげでかえって銀次さんを受け入れるのは難しくなりました。だったら、手前が迎え入れようと。そう思って店を出たのです。帰ってきたとき、一緒に仕事をしようと思って」

「太助……」

「いいじゃないですか、臑《すね》に傷があっても。一度、しくじった者同士が手を取りあっていい店を作って、お客に楽しんでもらう。それができたら、なんとも痛快じゃないですか」

「儂もそれがよいと思う」

大岡が口をはさんだ。

「他人が大きくした店を乗っ取っても、しかたがあるまい。おぬしは先代の主がなにをしてきたか見ているのだろう。だったら、それを生かして、おのれの店を作るがよい。幸い、金はあるしな」

銀次が顔をあげたので、大岡は相模屋と話をつけたことを語った。

太助の作った蛤水晶を食べさせ、これならば問題ないということで、新しい店に資金をまわしてもらう約束を取りつけたのである。そのとき、銀次を主にすることも決めている。

「そんなことが本当に……」

「ああ、放蕩者に手を貸して立ち直らせれば、世間の見る目はよくなる。当然、新しい店も注目を集める。どうだ。そこに金を出すのも悪くあるまいと言ったら、受け入れてくれたぞ」

当初、大岡は銀次を処罰するつもりだったが、事情を聞いて、方針をあらためた。

太助の思いは真摯《しんし》で、それは銀次にも伝わると思ったからだ。

銀次が単なる悪党ではないことは、太助に対する振る舞いからもわかった。それならば、やり直すことはできると考えた。

どうやら、その読みは正しかったようだ。

銀次は手で顔をおさえた。うつむいたままなのは、涙を見せないためか。

意地っ張りだが、それも悪くない。

「どうだ。やってくれまいか」

大岡の言葉に、銀次はゆっくりうなずいた。何度も大きく。

太助が小上がりにあがって、その肩を抱く。その目も、涙で潤《うる》んでいた。

十二

「それで、銀次は許してもらったのか」

「はい。丁寧に頭をさげて、これまでの非礼を詫びましたから。いくらか金を包んできましたが、徳右衛門はそれを受け取りませんでした。銀次の気持ちがわかったから、それで十分だと申していました」

「それはよかった」

大岡の手は、自然と蕎麦に伸びる。

彼らが話をしているのは、新橋の近くにある蕎麦の屋台だった。縁台が用意されていて、注文すると、ざるに乗せた蕎麦切《そばき》りが出てくる。

この屋台では、汁をかけるのではなく、蕎麦を汁にひたして食べる。正徳のころから流行りだした作り方で、舌触りが最高によい。

「話がまとまってよかった」

大岡と話をしたあと、銀次は太助とともに大黒屋に赴き、徳右衛門とおみよに頭をさげた。父が作った店を徳右衛門が仕切っていると知って、頭に血がのぼってしまい、相模屋の悪事に荷担《かたん》してしまった、と涙ながらに語ったらしい。

「落ち着いたのか、銀次は真面目にやっていますよ。御奉行に言われたとおりに、新しい店を開く準備をしていて。相模屋も手を貸しているようで、深川あたりによい場所を見つけたようです」

「それを太助が手伝うか」

「すっかりとやる気のようです。昨日も、新しい料理に夢中になってました」

「知っている。味見をさせられたからな」

上等な白味噌《しろみそ》と卵の黄身《きみ》を使った、卵味噌《たまごみそ》だった。じつにうまかったが、太助は満足しておらず、もう少し作り方を工夫してみると語った。

「大黒屋も手を貸すと言っています。徳右衛門が張りきっているようで」

「おみよから聞いたのか。本当に、おぬしら仲がいいな」

先日も店の裏手で、ふたりが逢い引きしているところを見た。

身分の違うふたりが柳の下で語りあう姿は、なんとも微笑《ほほえ》ましかったが、どこか腹立たしくも思う。

目のやり場に困るのだよ、本当に。

「うまくまとまってよかったですな。一時はどうなることかと思いましたが」

「みなが損《そん》をしたのがよかった」

「どういうことで」

「まず、相模屋。あやつは大黒屋を手に入れることはできなかったが、同じぐらいの味わいを持つ新しい料理屋を作った。それは、あやつのためにもなろう」

「はあ」

「次いで、銀次。やつも大黒屋は手に入れられなかったが、代わりに経験を買われて、新しい料理茶屋をまかされることになった。それは、父親の願いを叶えることにもなろう。最後に太助だが『ほどほど』を失うことになるものの、銀次とともに仕事をして、恩を返すことができた。それぞれがちょっと損をしたが、代わりに大きな利益を手にした。三方一分損《さんぽういちぶぞん》といったところだな」

「また勝手なことを」

「うまくまとまったのだから、それでよかろう」

唐《から》の国に似たような事例があり、うまく使えぬかと思っていたところに、今回の事件が起きた。はめこむことができたのは幸運だった。

「さて、では行くぞ」

「行くって、どこへですか」

「『ほどほど』がなくなってしまうのだから、新しい店を探さねばならん。おぬしはこの七年、ろくに仕事もせず、江戸の町をうろついていたのだから、いい店を知っているだろう。ほれ、案内せい」

土橋は顔をしかめたが、それは一瞬で、すぐに笑顔を浮かべた。

「でしたら、新肴町《しんさかなちょう》の『みきや』ですね。あそこ、焼き魚は絶品ですよ」

「今日は、そこだな」

焼き魚は、大好物だ。口に広がるうまみを思いだしたところで、大岡の顔は自然とほころぶ。

楽しみだ。

いったい、どんな店なのだろうか。

第二話　味噌田楽

【味噌田楽】

竹串に刺したこんにゃくを焼き、仕上げに味噌をたっぷりと塗る。焼くときに、あわせ味噌を薄く塗り、味わいを深める。

一

「いや、この蒲鉾《かまぼこ》はじつにうまい。すばらしい」

店主の米輔《よねすけ》が来たのを見て、大岡は口を開いた。

いや、もう語らずにはいられない。

「この歯応え。硬くもなく、やわらかくもなく。錬り方が絶妙で、口に入れたときの感触がたまらぬ。よくも、これだけの品を作りあげたものだ」

米輔は、手に皿を持ったまま、目を丸くしていた。なにも言わず、ただこちらの話を聞いている。

これは、もしや……こちらの話に感動しているのか。

褒められて照れてしまい、なにも言えずにいるのか。

嬉しい。こんな反応はいままでなかった。

気分が浮き立って、大岡の口はさらに滑《なめ》らかになった。

「知っておるか。蒲鉾は平安《へいあん》の御世《みよ》からあったと言われ、かつては魚のすり身を竹に塗りつけて焼いたと言われている。蒲《がま》の穂《ほ》のような形をしていたから、蒲鉾と呼ばれた。かの織田信長も大好物だったと書物に記されている。板の上で形を作るようになったのは最近のことで、有名なのは……」

「あのお武家さま……」

米輔が声をかけてきた。なんだ、せっかく興《きょう》が乗ってきたところだったのに。

「どうした」

「申しわけありませんが、いまお出しした料理、蒲鉾ではございません」

「え……」

「焼き竹輪《ちくわ》です。切って焼いてから板に乗せたので、そのように見えたのかもしれませんが、味は微妙に違います」

「な、なんと」

「すみません。ちゃんと話をしておくべきでした」

恐縮する米輔を前にして、大岡は言葉を失った。

ここはなにか言わねばならぬ。しかし……。

なんとか大岡がごまかそうとしたところで、いつもの笑い声が響いてきた。

「いいんだよ。米輔さん。この御仁は、いつもこうだから」

用吉である。手には同じ焼き竹輪がある。

「なにか勝手に思いこんで料理について語るんだが、それがいつも的外《まとはず》れでなあ。『ほどほど』でさんざん聞かされたが、まさか、この『みきや』でもやるとはなあ。びっくりだよ」

用吉は、米輔を見た。

「まあ、言っていることは頓珍漢《とんちんかん》だが、うまいと思っているのはたしかだ。長い付き合いの俺たちは、よおくわかっている。だから御隠居の、うまいって言葉は信じていいぜ」

米輔は大岡に視線を移すと、ゆっくり頭をさげた。

感謝の気持ちが伝わってきて、なにやら照れくさい。

「まあ、今度は、このお侍さんでもわかる物を出してやるといいぜ。香の物なんかどうかな。ねえ。奥田さま」

「そ、そうだな。ここでは食べていなかったな。よろしく頼むぞ」

「へい。すぐに持ってきます」

米輔が奥に入ったところで、店の空気がやわらいだ。

用吉のおかげで助かった。あのままだったら居たたまれなくなって、店から出ていかざるをえなかった。

この『みきや』は土橋に教えられたのであるが、料理の質は『ほどほど』と互角で、値も安い。しかも酒も出してくれる。

主である米輔は、穏やかな人柄で、口の悪い職人たちにも愛されていた。侍である大岡にも、よけいな気を遣《つか》わずに接してくれる。

じつに居心地のよい店であり、いたたまれなくなって通えなくなったら、絶望して、三日は仕事が手につかなかっただろう。

「よかった、よかった」

大岡は焼き竹輪を口に放りこむ。嚙み応えが最高だ。

空気が落ち着いてきたのか、他の客も声を大きくして、思い思いのことを語りはじめた。

別段、注意を払うことなく、大岡は食事を楽しんでいたのだが、気になる話題が耳に飛びこんできたのは、香の物が運ばれる寸前だった。

二

「根津で騒動ですか」

大岡の話を聞いて、土橋は露骨《ろこつ》に顔をしかめた。

「まあ、あると言いますか……宮永町《みやながちょう》のあたりはいろいろとややこしくて。いつだって面倒を抱《かか》えていますよ」

「それで済めばいいのだがな」

大岡が蕎麦をすすると、土橋もそれにならった。

彼らが顔を合わせているのは、汐留川沿いにある屋台で、河岸《かわぎし》に置かれた縁台《えんだい》に腰をおろして話をしていた。

二月の末から急速に温かくなって、気がつけば桜《さくら》が満開である。

上野寛永寺《かんえいじ》は山が桃《もも》色に染まるぐらい咲いていて、参勤交代《さんきんこうたい》で来た北国《ほっこく》の武家が感嘆の声をあげていた。浅草寺《せんそうじ》裏手の桜の並木には、朝から晩まで客が押し寄せて、さんざんに騒《さわ》いでいる。

吉原《よしわら》でも、芸者が桜の木の下で、艶《あで》やかな踊りを見せているという。

江戸の町は春の空気を受けて一気に華やいでいたが、それにあわせて揉《も》め事《ごと》も増えており、大岡は多忙な日々を送っていた。

「根津の件、首を突っこむんですか」

「まあな」

「面倒なことになりますよ。なんといっても根津の権現さまが絡《から》んでいますからね。つまらぬことを言って、文句をつけられるのは嫌なんですがね」

根津権現は、かつて駒込千駄木坂上《こまごめせんだぎさかうえ》に鎮座《ちんざ》していた小さな神社だったが、寛文《かんぶん》二年、のちの六代将軍・徳川家宣《いえのぶ》がお宮参《みやまい》りをして、産土神《うぶすながみ》としたことから、幕府の庇護を受けるようになった。

家宣は宝永《ほうえい》元年、子がなかった五代将軍綱吉《つなよし》の跡継ぎとして、江戸城に移ったが、その際、家宣が生まれた甲府《こうふ》徳川家の江戸屋敷が献納され、社領は広がって、徳川家の肝煎《きもいり》で社殿の建て直しもおこなわれた。

正徳四年には江戸城に神輿《みこし》が入ることが許され、神田大明神、日枝《ひえ》神社と並ぶ天下祭のひとつとみなされるようになった。

門前町は一気に拡大し、茶屋や小間物屋だけでなく、女を扱ういかがわしい店も建てられた。浅草や両国に匹敵する一大歓楽街となったわけだが、それにあわせるようにして騒動も目立っていた。

「祭りを禁じてしまったので、根津の者は将軍さまを怨《うら》んでいますぜ。門前町の顔役はとくにね。同心だって迂闊《うかつ》に顔を出せば、さんざんに罵《のの》られるほどで」

「言うだけならよいさ。儂だって上さまには腹が立つ」

昨日も、吉宗に文句を言われた。

火《ひ》の見櫓《みやぐら》の増設が進んでいないという難癖《なんくせ》だったが、場所を決めたり、地主との交渉をまとめたりするには、時間がかかる。

これで文句を言われるのだから、たまらない。

「それで、御奉行さまは、なにを気にしておられるので」

「宮永町の岡場所《おかばしょ》だよ」

大岡は、白湯《さゆ》をすすった。

身体が温まると、心に余裕ができる。

それは『ほどほど』で、甘酒《あまざけ》を出してもらったときに学んだ。

それからというもの、大岡は役目の最中にも、ときおり白湯を飲んでいた。

「揉め事を起こしているのは知っていた。だが、ここ最近、ひどくなっているようだ」

あの日、『みきや』では、上野から来た客が話をしていた。

その男は、池ノ端仲町《いけのはたなかちょう》の裏長屋で暮らしていて、宮永町に野菜を売りにいっていたのだが、彼の話によれば、宮永町には質《たち》の悪い渡世人《とせいにん》が入りこんでおり、町をさんざんに荒らしているとのことだった。

顔役の許可を取る前から、新しい置屋《おきや》を作り、女をそろえる。

そのうえで、昔からの女郎屋《じょろうや》に無理やり、売りこみをかけ、自分たちの女を入れるように強要する。断れば喧嘩《けんか》に訴え、男も女もなく半殺しにする。女郎屋が組んで反撃に出れば、根津門前町の渡世人と手を組んで迎え撃ち、ひどい目に遭わせる。そのような荒事《あらごと》が繰り返されているようだ。

「小間物屋の主《あるじ》が大怪我をしたとも聞かされた」

「吉乃屋《よしのや》の甚太郎《じんたろう》ですね。腕を折られたようで。ひっくくってやろうかと思ったのですが、門前町に逃げこんでしまいまして。ああなったら、寺社の縄張りだから手が出せません」

「話はしているのだがな」

根津にかぎらず、主《おも》だった寺社の門前町は寺社奉行の管轄《かんかつ》にあり、町奉行所が勝手に手をつけることはできない。殺しや盗みのときには融通《ゆうずう》を利かせてくれるが、それ以外の場合には、よほどの騒ぎでも与力や同心を送りこめず、下手人を捕らえるのは困難だった。

大岡はそれを気にして、何度となく評定所《ひょうじょうしょ》で話をしているのであるが、解決の気配はまったくない。

「宮永町で暴れている連中、見た目だけではないように思えるんですよ。裏になにか絡《から》んでいるみたいで、下手に手を出すと火傷《やけど》をしそうです」

土橋の表情は渋《しぶ》い。それはわかるが……。

「放っておくわけにはいかぬ。とにかく行って、見てみる。話を聞いただけではわからぬからな」

「御奉行さまがみずからですか。そんな大事ではないでしょう」

「いや、この目で見ることが大事なのだ」

大岡は言いきる。

土橋は大岡に顔を向けていたが、やがて、その瞳が細くなった。

「……それだけですかね。まさか、根津のついでに、例の上野の店に寄ってくるつもりじゃないでしょうね。この間、食べ損《そこ》なったから」

大岡は息を呑んだ。

なんだ、いきなり図星《ずぼし》を突いてくるとは。

「な、なにを言うか。騒ぎが起きているのだぞ。この目で確かめずにどうする」

「鵜《う》呑《の》みにはできませんなあ。御奉行さまは、ちょっと考えられないぐらい、食い意地が張っておりますから」

「そんなことはない」

「子曰《しいわ》く、之《これ》をしる者は、之を好む者に如《し》かず。之を好む者は、之を楽しむ者に如かずと申しますが、好きすぎるのもどうかと」

「ひどい言いようだな。上役に向かって」

「御奉行さま相手に遠慮しても、しかたありませんので」

土橋は笑った。以前までの屈託《くったく》は消え、ふてぶてしさすら漂《ただよ》っている。

大黒屋の事件を経て、土橋は変わった。

いや、以前の姿に戻ったと言うべきだろうか。

熱心に町へ出て、民と話をし、事件があれば早々に駆けつけ、大事にならないうちに片付ける。同僚ともさかんに情報交換をし、質《たち》の悪い賭場《とば》や女郎屋は早いうちから牽制し、町の者が迷惑をこうむらぬように手を尽くしていた。

役に立つのはありがたいが、賢《さか》しくなるのは困る。ここのところ、やたらと故事成句《こじせいく》を引用するようになって、なんとも鬱陶《うっとう》しい。

おみよとの関係もうまくいっているのだから、そっちでやってくれと言いたい。

「よけいなことを言うな。儂はやるべきことをやるだけだ」

大岡は立ちあがって、土橋を睨《にら》みつけた。

しかし、効果はまるでなく、その顔には笑みが貼りついたままだった。

三

大岡が根津に赴《おもむ》いたのは、土橋と話をしてから半月が過ぎてからだった。

それまでの間、大岡は仕事が忙しくて、町に出ることすらできなかった。

吉宗の無理難題を片付け、町役人からの相談に耳を傾《かたむ》け、評定所で老中《ろうじゅう》や寺社奉行と遠島《えんとう》の問題について議論をしているうちに、時間だけが虚《むな》しく過ぎ去っていった。

なにか食いにいかねば死ぬ……。

それは、彼の本心であり、逆らうことはできなかった。

強引に時間を作って、奥田松之輔として向かった先は、例の飯屋だった。

店は、不忍池《しのばずのいけ》の畔《ほとり》、三軒の水茶屋が建つ一角にあり、人気《じんき》はよくなかった。

だが、料理はうまかった……抜群《ばつぐん》に。

卵《たまご》なますは、薄く焼いた卵焼きが絶妙で、かすかに感じる生姜《しょうが》の香りと重なって、じつに大岡好みだった。

先日、訪れた際に休みだったのは、程度のよい卵が手に入らなかったためで、こだわりを持っていることがよくわかった。

例によって、大岡は思いきり褒め言葉を並べようとしたのであるが、店が混んできたので、断念せざるをえなかった。

店主の邪魔をする客は、もっともよろしくない。これも、食い歩き十箇条のうちのひとつである。

大岡は早々に店を出て、根津へ向かった。

春の日差しに照らされているせいか、自然と足取りは軽くなる。

根津の近辺には、参拝客が目立った。身なりのよい夫婦が、人目も気にせず寄り添いながら歩く姿は、見ていて微笑《ほほえ》ましい。穏《おだ》やかな空気が漂い、道を行く者の顔もほがらかだった。

空気が変わったのは、宮永町に入ってからだ。

華《はな》やかな参道は、目つきの悪い男でいっぱいになり、荒々しい気配が漂っていた。

参拝客を睨みつけていたのは渡世人とおぼしき男で、ときおり冷やかしの声をかけて、若い女から白い目を向けられていた。

茶屋に入る客も少なく、給仕の娘はぼんやりと空を見あげていた。
思ったより状況は悪そうだ。まさか、渡世人が昼間から往来を練り歩いている
とは思わなかった。
大岡が周囲を見まわしたそのとき、声があがった。
さきほどの夫婦者が目つきの悪い男に囲まれて、小突きまわされていた。
「ぶつかっておいて、それはないだろう。ほら、こっちに来い」
顔に傷のある男が女房の腕を取ると、亭主が飛びついて、払いのけようとした。
しかし、力の差からうまくいかず、突き飛ばされて尻餅《しりもち》をついてしまう。
「さあ、こっちだ」
男が女房を引っ張って、連れ去ろうとする。
見過ごすわけにはいかない。
大岡は前に出て口を開いた。
しかし、言葉が出るよりも早く、高い声が参道をつらぬいた。
「貴様、この宮永町で因縁をつけるたあ、どういうことだ」
振り向くと、惣髪《そうはつ》にした女が横丁から現れた。
弦《つる》を染め抜いた藍《あい》色の着物を身にまとっている。右手には長脇差《ながわきざし》だ。

年のころは二十歳ぐらいであろうか。顔立ちは凛々《りり》しく、爛々《らんらん》と輝《かがや》く瞳とあいまって、自然と目が惹《ひ》きつけられてしまう。痩身《そうしん》ではあるが、それが細い顔と重なって、美しい身体の線を際立《きわだ》たせていた。

女が渡世人に歩み寄ると、町の者が声をあげた。

「おまちさんだ。おまち姐《ねえ》さんが来てくれた」

「待ってました。そうでなくては」

参道は熱気に包まれるが、娘は気にした様子もなく、男たちを睨みつけた。

「おまえら、神代組《じんだいぐみ》の者だろう。破落戸《ごろつき》がこの宮永町で暴れるなんざ、許されることじゃないんだよ。天地神明《てんちしんめい》、このおまちが不埒《ふらち》な悪党を成敗してくれる」

「また、おまえか」

渡世人は顔をゆがめた。

「たかが始末屋《しまつや》のくせに、よく言う」

「負け惜しみだね。情けない」

「くそっ！」

顔に傷のある男が、長脇差を抜いた。たちまち間合いを詰めて、上段からの一撃を振りおろす。

思いのほか動きは速かったが、おまちは悠々《ゆうゆう》とかわし、鞘《さや》ごと長脇差を振るって、男の横腹を叩いた。

鈍《にぶ》い音がして、男の動きが止まる。

すぐさま、おまちは前に出て、女房をつかまえていた男を、これまた鞘に入った刀で叩いた。

強烈な一撃を頭に受けて、男はなにも言わずに昏倒《こんとう》した。

もうひとりの太った男は、おまちの動きを見ながらさがった。

間合いを詰められないように工夫しているのか、それとも、なにかほかに狙いがあってのことなのか。

おまちが前に出ると、男はさらにさがった。その目が怪《あや》しげに輝く。

その瞬間、最初に叩かれた傷のある男が立ちあがり、おまちの背後で刀を振りあげた。すさまじい殺気が迸《ほとばし》る。

「危ない」

大岡は足元の石を投げつける。狙いは違《たが》わず、男の頭に当たった。

男は振り向き、大岡に凄《すさ》まじい憎悪の視線を送る。

まともにやったら勝ち目はないが、すでに、おまちは男の動きに気づいていた。

「おい」

声をかけ、男が向き直ったところで、その喉元《のどもと》を鞘で突く。

一瞬で男は気を失い、その場に倒れた。

最後のひとりはあわてて逃げようとしたが、おまちが追いつき、その肩に一撃を叩きこんだところで決着はついた。

悶絶《もんぜつ》して、その場に崩れ落ちる。

「やったぜ。さすがは、おまちさんだ」

わっと歓声があがって、町の者がおまちに駆け寄る。

参道が人で埋まるなか、大岡は巻きこまれた夫婦者に歩み寄って声をかけた。

怪我をしているかが気になった。

その姿を、おまちは静かに見ていた。

四

「助かりました。あの夫婦者に声をかけてもらって」

おまちは茶屋の縁台に腰をおろすと、大岡に頭をさげた。見ていて清々《すがすが》しさを感じさせる振る舞いで、大岡は驚いた。

「女房が膝《ひざ》をついていたので、気になっていたのです。本来だったら私が声をかけねばならないのに、町の者に邪魔されて近づくことができませんでした」

「かまわん。あれだけあざやかに、渡世人たちを倒したのだ。町の者が喜ぶのもわかる」

「それも、貴殿に助けられてのこと。声をかけてくれなかったら、どうなっていたかわかりませぬ。ありがとうございました」

またもや、おまちは頭をさげた。かえって大岡は恐縮してしまう。

宮永町での騒動が終わったあと、大岡はおまちから声をかけられて、町外れの茶屋に連れてこられた。礼を言いたいとのことだった。

正直なところ、面倒には巻きこまれたくなかったが、おまちの意志が固かったので、素直に従うことにした。

「おぬし、始末屋と言われていたが、そうなのか」

「そうです。この先の長崎屋《ながさきや》という女郎屋に勤めております」

始末屋は、遊郭《ゆうかく》からの依頼で、金を払わなかった客から代金を取り立てる仕事だ。逃げれば江戸中、追いかけて連れ戻し、無理にでも払わせる。

金を持っていなければ、当人に借金させることもあるし、親類に声をかけて、無理やりに集めることもある。

珍《めずら》しい商売ではないが、女の始末屋を見るのははじめてだった。

「ずいぶんと有名人のようだ。町の者は、みなおぬしのことを知っていた」

「たまたまです。ここのところ、あのような破落戸とやりあってばかりでして。人前に出て、こうして長脇差を振るっていたから、目についたのでしょう」

おまちの言いまわしは荒々しく、侍相手には無礼だったが、不思議とそれを許してしまう清々《すがすが》しさがあった。

少なくとも、大岡は気にならない。

しばしふたりは、根津の町について語りあった。

「そうか。おぬしはここの生まれか」

「父が宮永町で同じ仕事をしておりました。母はどこからか流れ着いてきた者で、私を産むとすぐに死んでしまったそうです。父が死んだのが五年前で、それから私が跡を継いで、この仕事を務めております」

「よくやっているようだ。人気もある」

「本当は、この仕事を務めるにふさわしい人がいるのですが、いまはちょっと出かけておりまして。代わりを務めているだけでございますよ」

おまちの頰《ほお》はわずかに赤くなった。

「楽ではありませぬが」

「そうであろうな」

ここのところ、幕府は私娼の撤廃《てっぱい》を積極的に進めており、三年前には護国寺《ごこくじ》門前の音羽町《おとわちょう》で女郎屋の一斉撤去《いっせいてっきょ》をおこなった。捕らえた女はすべて吉原に送りこむ苛烈《かれつ》さで、大岡も町奉行としてかかわった。

そういう意味では、女郎を守る始末屋は敵であるのだが、大岡はその仕事を否定する気にはなれなかった。悪所には悪所でしか生きられぬ者がおり、その者たちを塵芥《ちりあくた》のように取りのぞくことにはためらいがあった。

人の世は、きれい事だけでは成り立たぬ……。

町奉行を務めていれば、それはよくわかる。

「食べてください。たいした物ではないが、礼です」

茶店の娘が持ってきたのは、味噌田楽《みそでんがく》だった。焼いた豆腐《とうふ》に、たっぷりと味噌がつけられている。

味噌も巧《たく》みに火で炙《あぶ》っており、食欲をそそる香りを漂わせていた。

大岡は勧められるがままに、田楽を手に取った。

口の中に味噌の味が広がる。

うまい。

ひと口食べただけで、工夫を凝らしていることがわかる。

「うむ。これはいいぞ。すばらしい」

「喜んでくれてようございました」

「こんな、うまい田楽を食べたことはない。うむ。この味噌は、いくつかの味噌を合わせているな。ひとつはどこだ、信州《しんしゅう》か」

「どうでしょう。細かいことはちょっと……」

「この辛《から》さはたまらぬな」

大岡は滔々《とうとう》と田楽について語り、おまちは目を丸くして話を聞いていた。

「驚きました。まさか、田楽だけで、そこまでしゃべることができるとは」

「それだけ、うまかったということだ」

大岡は、そこで縁台に置かれた、もうひとつの皿を見た。

「おぬしは食べぬのか」

「ええ、私はちょっと。いろいろとありまして」

「うまいのだが」

「それはわかっていますが」

おまちは田楽に目を落とした。

「この田楽は、根津でいちばんうまいでしょう。上野界隈の屋台と比べても、負けぬと思っていますが……私にとっては、これではありません。もう一段、上があるのです。それがわかっているだけに、ちょっと考えてしまいまして」

「これより上があるのか。驚きだな」

「いまは食べることはできませんが、それはたしかに……」

おまちの表情が翳《かげ》る。心の奥底に刻みこまれたなにかに影響されてのことだ。

微妙な空気が漂ったので、大岡はあえてその先を訊ねなかった。代わって口にしたのは、宮永町の動向についてである。

「この町、ひどく荒れているようだが、いつもこんな調子なのか」

「この半年、とくに。門前町からあの連中が来て、さんざんに荒らしていく。やり口が汚くて、始末に負えません」

「昔からの連中か」

「いえ。本所から流れてきた新手です」

おまちは、七年前の本所奉行の廃止が、町が荒れる原因であると語った。

町の普請《ふしん》や道や橋の管理、どぶさらいや土手の手入れには、大きな利権が絡んでおり、土地の渡世人がおこぼれにあずかっていたが、廃止で町方支配になったことで、南北奉行所の与力や同心が進出し、同心とかかわりの深い荒くれ者が本所を支配することになった。

あぶれた渡世人は、しばらく押上《おしあげ》にとどまっていたが、それも町方に追われ、逃げこんだ先が根津であった。

「ちょうど、門前町の顔役が代替わりする時期でして、渡世人は古い連中を押しのけて、大きな力を持つようになったのです」

「間が悪いな」

「宮永町に出てきたのは、神代組と呼ばれる渡世人の一団です。すでに複数の店を支配して、足場を固めつつあります」

おまちは顔をしかめた。

「まったく、お上は、もう少し町のことを考えて動いてほしいですね。後先《あとさき》を考えずに手を出すと、揉め事は大きくなる」

「まったくだ。上の方々は、勝手なことばかり言う」

吉宗の無理難題が脳裏《のうり》をよぎる。

よくもまあ、思いつきだけで、あれだけ命令を出すことができるものだ。振りまわされる現場のことを、少しは思いやってほしい。

大岡が腕を組んでうなずくと、おまちは小さく笑った。

「苦労しているらしいですね。顔に書いてある」

「わかってくれて嬉しいよ」

大岡はおまちを見た。その目は自然と細くなる。

「この先、どうするつもりだ」

「最期まで戦います。ここは私が生まれ育った地です。穢《けが》されるのは耐えられない」

「敵は強いぞ」

「かまいません。逃げるのは嫌だし、そのつもりもありません」

「そうか。頑張《がんば》れ」

「話ができてよかったです。それでは、また」

おまちは立ちあがると、一礼して立ち去った。

その背中は清々しく、大岡がしばし見惚れるほどだった。

「さぞ、もてるであろうな」

あの美しさならば、男は放っておくまい。言い寄る者は無数にいるだろう。ただ、その内面に入っていけるかどうかはわからない。気が強いのはたしかであろうから、生半可《なまはんか》な覚悟では打ち破られてしまう。

おまち自身、そのあたりはよくわかっているはずで、つまらぬ男は相手にしまい。

大岡は、残った田楽を口に放りこんだ。

陽光が周囲を照らし、茶屋は穏やかな空気に包まれる。

春の日差しに照らされながら、うまい物を食べる。なんとすばらしいことだ。

これがずっと続けばいいのに……と、大岡は本気で思った。

五

だが、それが幻想に過ぎなかったことを、大岡は翌日の江戸城で思い知らされることになった。

「越前、儂は言ったはずだな。武家の実入りを増やすにはどうすればよいか、考えておけと。ずいぶんと前に」

将軍徳川吉宗は、大岡が作りあげた上申書《じょうしんしょ》を指で叩いた。

「その答えがこれか。中味は以前と変わらぬ」

「されど、上さま。ほかにやりようがあるかと言われれば、ないとしか言いようがございませぬ。打つ手は限られております」

「それをなんとかするのが、おぬしの役目であろうが」

大岡は顔をしかめた。呼びだされたときから覚悟はしていたが、強い言葉で叱責されると、ひどくこたえる。

今日は江戸城に入ると、すぐに吉宗から御座敷に来るよう指示があり、こうしてふたりだけで話をしている。

「これでは、実入りが増えまい。米価が安くなれば、生活は苦しくなる」

「ですが、いまさら収穫を減らすことはできませぬ。ならば、それを生かすやりかたを考えるべきかと存じます」

吉宗は幕府の立て直しをはかるため、新田開発を積極的に進めている。

享保七年には、日本橋に新田開発奨励の高札《こうさつ》を立て、幕府のみならず、町人の請負《うけおい》による開発も認めた。

それを受けて、武蔵国《むさしのくに》では積極的に代官《だいかん》を動かし、荒廃《こうはい》した田畑を整備しつつ、余力ができたところに農民を送りこみ、開墾《かいこん》作業を押しすすめた。

成果は確実にあがっており、年貢は増大している。しかしその一方で、米が取れすぎたため、米価が下落し、武家の生活は苦しくなった。

大岡は対策を命じられたのであるが、新田開墾が進められている以上、米価の下落を止めるのは難しい。幕府の買いあげにも限界があった。

「この十年、引き締めを続けたおかげで、足元はなんとか固めることができました。御金蔵にも余裕ができております。ですから、次は紐《ひも》をゆるめて、市中に金がまわるようにしませんと。このままでは、みな干上がってしまいます」

「それで武家が苦しい思いをしたのでは、どうにもならぬ。まずは米価をあげよ」

「米価をあげれば、諸色の値もあがります。ひとつだけどうにかするのは無理です」

「そこをなんとかしろと言っているのだ。まったく、伝わらぬな」

吉宗は上申書を放り投げた。ふん、と唸《うな》る顔は、不満の色しか見てとれない。

うまくいかないのは、吉宗が無理難題を言っているからだ。

市中の金まわりを操《あやつ》ることはできぬのだから、自然にまかせて様子を見て、うまくいかぬところを修正していけばよい。それが正しいやりかただ。

大岡は江戸の商いが縮小していく様子を目のあたりにしている。

倹約令《けんやくれい》が出て、商いの一部に制限がかかり、そこに米価の制御が加わって、江戸の商いは回転が鈍《にぶ》くなった。

物が売れぬ、と商人は嘆《なげ》く。目安箱《めやすばこ》にも、その件について陳情が来ているとも聞いている。

幕府の御金蔵はひと息ついたのであるから、次は市中をどのように活性化させるかを考えるべきだった。

「前にも言ったが、改鋳はやらぬぞ。面倒は御免だ」

「ですが、うまくおこなえば、物価をおさえ、武家の生活をよくすることもできます。上方とのすりあわせもできるものかと」

商いは東国が金、上方が銀で、双方をまたいで取引するには、どうしても両替が必要だったが、その比率が時として問題になり、物価を大きく左右することがあった。

商いの中心は上方であり、そちらの力が強くなると江戸での物価があがり、武家のみならず町民の生活も悪化した。

大岡は町奉行になると、即座に両替商の数を制限し、不当な利益を得ることがないように手を尽くしたが、それでもうまくいっていない。

「認めぬ。もっと、うまい策を考えよ」

吉宗は脇息《きょうそく》に肘《ひじ》をついた。

「よいか、越前。儂は、神君家康公が打ちたてた幕府をよくしていきたいのだ」

「重々、承知しております」

「多少はよくなってきたが、それでも足りぬ。いまのままでは、御公儀は行き詰まり、下手をすれば倒れる。それだけは、なんとしても避けねばならぬ」

「よくわかっております」

「だったら、なにか策を出せ。頭をさげているだけでは、なにも変わらぬ」

「でしたら、まずは勝手掛《かってがかり》の水野《みずの》さまに話をしていただくのがよいかと。なにかとくわしいですから」

水野和泉守忠之《いずみのかみただゆき》は、吉宗が将軍になるのにあわせて老中になり、その後の政策を支えている。享保七年には、勝手掛の老中となり、幕府の財政を一手に引き受けていた。

「和泉には、別の役目をまかせている。しばらくは動かせぬ」

「で、ですが……」

「使えるのは、おぬししかいないのであるから、しかたなかろう。ほら、思いつくままでよいから言ってみよ」

吉宗にうながされて、大岡は頭を絞《しぼ》った。策は思いつくが、一挙《いっきょ》に情勢を変えられるほどすばらしいものではない。正直、みみっちい。

胃の痛みを感じながら、大岡はみずからの考えを語った。

瞳に映《うつ》る吉宗の表情は、渋いままだった。

六

やってられるか、あんな無理難題。できるわけねえだろうが。

大岡は悪態をついたが、それはあくまで心の中で、口にするのは控《ひか》えた。

怒りをおさえて、大岡は田楽にかぶりついた。

食べなければ、やっていられない。

なんとも腹立たしい。

吉宗に言いがかりとも思える指示を出され、応じているうちに、たちまち時は過ぎ、下城したときには未の刻を過ぎていた。

御座敷を出る前に、もう少し考えてこいとは言われたが、沸騰《ふっとう》している頭ではとうていまとまるはずもなかった。腹が立ってしかたなかったので、奉行所に戻ると、雑用をするから声をかけるなと言い聞かせ、ひそかに奥で着替え、みなに気づかれぬよう町に出た。

彼が訪れたのは、先日、顔を出した上野の飯屋だった。田楽を注文したのは、昼のうちに玉子飯がなくなってしまい、それしか残っていなかったからだ。

腹立ちまぎれに田楽を頬張《ほおば》ったが、思いのほか味はよかった。焼き具合が抜群で、塩加減もよい。

食べていくうちに、心が落ち着いていくのがわかった。

田楽だけで機嫌が直ってしまうのは、我ながら安っぽいと思うが、そうなってしまうのであるから、やむをえない。

「すごかったですね、お侍さま」

店主の八十吉《やそきち》が声をかけてきた。三十代なかばで、顔と目が同じように丸かった。縞の小袖《こそで》に前掛けというういでたちがよく似合っているのは、本物の料理人だからであろう。

「こんな一気に食べた方、はじめて見ましたよ」

「うまかったからだ。もう少しあるか」

「それは、もちろん。こんな物ばかりですみません……」

そう言いながら、八十吉は奥へ入って、大根《だいこん》の田楽を取ってきた。白い大根に薄茶《うすちゃ》色の味噌が乗っており、たちまち食欲が刺激される。

下品を承知で田楽に食いつくと、たちまちうまみが広がっていく。

「すばらしい。うまいぞ」

「ありがとうございます」

「先日、宮永町の茶屋で田楽を食った。あれはいままで食べた田楽で、もっともよいと思ったが、これはもしかすると、その上にいくかもしれぬ」

「知っています。あそこはいいですね」

「それに匹敵《ひってき》するぞ。おぬし、この味は自分で作りあげたのか」

「とんでもない。人に教えてもらったんですよ」

八十吉は上野の生まれだったが、若いころに悪さをして、上方へ逃げざるをえなくなったらしい。

しばらくは京の料理屋で修業していたが、そこでも問題を起こし、江戸に帰ることとなった。その最中、八十吉は諸国を旅している男と知りあった。

堅気《かたぎ》でないことはあきらかだったが、あたりはやわらかく、話していて安心感があった。

「根津の生まれってことで話が合いましてね。しばらく一緒にいたんですよ。駿《すん》府《ぷ》では、あっしが料理屋に勤めていて、そいつが近場で用心棒をやっていて。そのときに教わったんです。田楽はこうやって作るんだって」

味噌の合わせ方や焼き方、大根の煮立て方、こんにゃくの作り方といった細かなところまで教えてくれたという。

「本当に丁寧《ていねい》な作り方でね。それを見て、あっしもいまのままじゃ駄目だなと思ったんですよ。雑《ざつ》な料理ばかりしていたら、雑な生き方しかできねえ。ほんのちょっとの手抜きが、人を駄目にしていくんだなってわかったんです。だから腰を据《す》えて、しっかりやってみようと思って、江戸の大黒屋で修業したんですよ」

知った店の名前が出てきて、大岡は驚いた。長く勤めていたらしく、徳右衛門や太助とも知りあいらしい。

大岡がふたりを知っていると伝えると、八十吉は目を丸くした。

「さようですか。旦那さまにも太助さんにも世話になりまして」

店を出すときも助けてもらったようで、いまでも行き来はあるらしい。

「ここに店を出して一年、ようやく落ち着いてきました」

「客もよく来ている」

「ありがたいかぎりですよ」

八十吉は空を見あげた。

「田楽の師匠にも、食べにきてほしいです。ようやく、まっとうになりましたって言いたいですけれど、いまはどうしているやら」

「無事だといいのだがな」

人が正しい道を歩むのは難しい。一度、踏み外せば、もとに戻すまで、途方《とほう》もなく時がかかる。場合によっては立て直せないまま、悲惨《ひさん》な最期を迎えることもある。

八十吉は旅先で自分を立て直すきっかけを得て、ここまで来た。その姿を見てもらいたいというのは、本音だろう。

八十吉がうなずいたとき、声があがった。大岡が視線を向けると、不忍之池に沿うようにして、男がふたり走ってきた。

見覚えがある。

先日、おまちが渡世人を叩きのめしたとき、かたわらで見物していた男たちで、事が片付くと、まっさきに駆けつけていた。

男が通りかかるのを待って声をかけた。

「おい、おぬしら、そんなに急いで、どこへ行くつもりだ」

「どこへって、医者をつかまえにいくんだよ。大変なことになっていてな」

「大変とは」

「おまちさんが斬られたんだよ」

七

大岡が根津に着いたとき、時刻は申の刻を過ぎていた。春の日は傾《かたむ》きはじめ、冷たい風が吹き抜けていたが、気にはならなかった。

着いたところでおまちについて訊ねると、彼女が休んでいる料理屋に案内してくれた。訊いた相手が、田楽を出してくれた茶屋の娘であり、彼の顔を覚えていた。

「これは、お武家さま。わざわざ来てくださるとは」

おまちは、大岡の姿を見ると半身を起こした。わずかに顔をしかめたのは、傷を気にしてのことだろう。

「無理をするな。横になっているがよい」

「たいしたことはないのです。店の者がおおげさなだけで」

「強がりを言うな。どこをやられた」

「肩です。ちょっと斬られました」

おまちは笑みを浮かべたが、顔色は悪く、無理をしていることがわかった。

大岡が重ねて動かぬように言うと、おまちは布団から出ず、半身だけを起こして半纏《はんてん》を羽織った。

「面目《めんぼく》ありません」

「誰の仕業《しわざ》だ」

「神代組の連中です。三人で因縁《いんねん》をつけてきて、叩きのめしてやったら、背後から斬られまして。してやられました」

「意趣返しか。まさか、ここまでやるとはな」

「まわりの者が怪我しなくて、なによりでした。あいつら、とんでもない物を持ってきたので」

「なんだ、それは」

「鉄砲です」

ふたりがおまちに絡んでいるとき、残りのひとりが物陰に隠れて、彼女を狙っていたらしい。

「鉄砲で撃たれたら、防ぎようがありません。怪我人だって出ていました」

「……それだけでは済まんぞ。市中で鉄砲が使われでもしたら、町の者も責任を問われる。名主がひっくくられるぐらいでは済まないぞ」

大岡は眉をひそめた。

「いや、待て。それが狙いか」

「と言いますと」

「騒ぎを起こすことで、おぬしらを揺さぶり、隙《すき》ができたところを狙って町を手に入れるというやりかただ。荒っぽいが、鉄砲まで出されてしまっては、みなの動揺はおさえきれない。うまいやりかたよ」

「たしかに。神代組に味方するという声も、いくつかあがっています」

「取りおさえようにも、神代組の本拠は門前町にあり、町方は手を出しにくい。迷っている間に、いいように事を進めてしまうだろうな。もし、神代組が宮永町をおさえたら、どうなる」

「やりたい放題になるでしょうね。逆らう者はさんざんに痛めつけられ、女郎屋もどうなることか……じつは、昨日も娘がひとり巻きこまれていて、連れ去られる寸前でした」

幸い、近くの者が気づいたから防げたものの、少しでも遅れていたら、ひどい目に遭っていたかもしれない。

「情けない。なにもできないなんて」

おまちは手で顔をおさえた。

「あの人に、なんて言いわけをすれば……」

「うん？　あの人とは」

「あ、すみません。よけいなことを言いました」

おまちは視線を逸らした。その頬が、赤く染まっている。

なにやら深い事情があるようだが、立ち入るのはうまくないように思えた。

「大変なことになっているのは、よくわかった」

大岡は無理に話題を切り替えた。

「大事なのは、この先、どうするかだ。この前は、最期まで戦うと言っていたが、それは変わらぬか」

　おまちはうつむいた。真一文字に結ばれた唇《くちびる》が、細かく震える。

「戦うことはできようが、向こうもあきらめはしまい。騒ぎが大きくなれば、かならず町の者が巻きこまれる。怪我もする者も出てくるだろうし、番所《ばんしょ》にひっくくられる者も出てこよう。多くの者が痛手を受けるが、それでも続けるか」

「………」

「神代組と和睦《わぼく》を結ぶというのも、ひとつの手ではある。巻きこまれる者を減らしたいのであれば、悪くはない策かも……」

「駄目です。受け入れることはできません」

　おまちは大岡に顔を向ける。瞳の輝きは驚くほど強い。

「それでは、あの人に顔向けができません」

「あの人とは、さっき、おぬしが口にした者のことか」

「そ、そうです」

　おまちは半纏の襟《えり》を強く握《にぎ》った。

「あの人は、私と同じこの町の生まれで、顔役の息子として、若い衆を束《たば》ねてきました。気風《きっぷ》がよくて、腕《うで》っ節《ぷし》が強くて、人に好かれて……誰もが、あの人がこの町をまとめていくと信じていました。なのに、浅草でつまらない争いに巻きこまれて、若い娘とその亭主を大怪我させてしまい……この町にいられなくなってしまったんです。いえ、とどまろうと思えばできたのですが、あの人自身がそれを許さなくて。結局、出ていってしまいました」

「いつのことだ」

「八年前です。あの人は十六。私は十二でした」

おまちの声は、細かく震えていた。

「町を出るとき、あの人は私に、頼むぞ、と言いました。この町に住む人を守ってくれと。私はうなずきました。かける言葉が思いつかなかったから」

それ以来、おまちは町の者を守るために全力を尽くしたと語った。剣術を習い、男衆との酒の席にも参加した。舐められれば全力でやり返したし、この前のようにみずから先頭に立って、渡世人と戦うこともあった。

「こんな格好をしたのも、あの人の思いを裏切りたくなかったからです。できるだけのことはしようと思って。でも、つまらない連中を食い止めることはできませんでした。私がしっかりしていれば、こんなことには……」

「いや、それは違うぞ」

将軍吉宗による改革で、江戸の町は住みやすい町になっていたが、一方で、急激な変化についていけぬ者もおり、浅草や深川界隈では渡世人が増えていた。

本所松坂町で用心棒を務めていた浪人者は、岡場所の廃止で行き場を失い、辻《つじ》斬《ぎ》りに身をやつし、町方が捕らえるまで五人の男女が犠牲になった。

表沙汰にならぬ事件も多く、大岡は町の様子に気を配るよう、配下の与力、同心に命じていた。

宮永町が乱れたのも、行き場を失った渡世人が本所から流れてきたせいだ。

責めを負うべきは大岡である。町奉行として、うまく江戸の町を治めることができなかった。

「この半纏は、その人からもらいました。俺の代わりにと言って。全然、思ったようにはいきませんでしたが」

熱を感じさせる言葉から、おまちがその人物のことをどのように想っているのかがわかる。想いは深く、それでいてせつない。

放っておくのは、あまりにも憐《あわ》れだ。

うつむくおまちを見て、大岡は指を鳴らした。例によって二度。

大きな音がしたので、おまちは目を丸くした。

「い、いまのは……」

「あいわかった。では、やり返そう」

「えっ。されど、迂闊に手を出せば……」

「わかっておる。事を荒立てるようなことはせぬ。向こうが門前町にこもって悪さをするというのであれば、それを利用するだけだ」

「そ、それはどういうことで」

「こういうことだ」

大岡は、書庫の奥に眠っていた調書のことを思いだした。

三列目のいちばん下だ。

ちょうど、今回の事例にふさわしい出来事が記してあった。根津にかかわる事例で、うまく利用できよう。

大岡は思いつくままに策を語ると、おまちの表情が大きく変わった。驚きが笑みに変わるまで、さして時はかからなかった。

八

その日、大黒屋のおみよは、味噌問屋での用事を終えて、大通りに出た。打ち合わせには一刻を費やしたが、うまくいってよかった。

これで、仕入れはもとに戻った。嫌がらせを受けていたにもかかわらず、どの店も前と同じように商いを続けてくれて、本当に助かる。心配していたと声をかけられたときには、涙が出そうになった。

ようやく話がまとまったので、おみよは、経緯を土橋に報告したかったが、それは少し先のことになりそうだった。

ここのところ、土橋は御奉行さまから仕事をまかされ、江戸市中を飛びまわっていた。忙しいようで、もう半月も会っていない。

やる気を取り戻してくれたのは嬉しいが、放っておかれているようで、どこか寂しさも感じる。

小さく息をついてから、おみよは芝口に足を向ける。

そのとき、道の角に駕籠《かご》が停まっていることに気づいた。

駕籠は、彼女が店に入る前から同じ場所にいる。一刻もの間、まったく動いていないわけで、道端に腰をおろす駕籠かきも暗い表情をしていた。

駕籠かきはおみよの顔見知りで、何度か使わせてもらっていた。ここのところ安値の同業者におされ気味で、厳《きび》しいとも言っていた。

使ってやりたい気持ちはあるが、おみよがいるのは尾張町二丁目だ。芝口までは近すぎて、とても無理である。

どうしたものかと思っているところで、見知った顔が大通りを横切るのが見えた。

「奥田さま」

おみよが声をかけると、武家は足を止めた。

「おお、おみよ。元気にしていたか」

「おかげさまで。ようやく店も落ち着きました。あの、どちらへ……」

「宮永町だ。ようやく仕度《したく》が調ってな」

「根津は遠いですね」

いったい、なんの仕度をしていたのだろう。

「あの、それは……」

「ちょっと待て」

奥田の目は、曲がり角に停まっている駕籠に向いていた。

「あの、なにか……」

おみよが問いかけても、奥田は答えなかった。

代わりに響いてきたのは、指を鳴らす音だ。大きく二回。

驚いた。まさか、お武家さまがこんなことをするとは、思ってもみなかった。

呆然とするおみよを置いて、奥田は駕籠かきに歩み寄った。

「おい。駕籠を頼む」

駕籠かきのひとりが顔をあげた。

「お武家さまですか。いったい、どちらまで」

「尾張町一丁目までだ」

「なにを言っているんですか。ここは尾張町二丁目ですぜ。一丁目なんて、目と鼻の先じゃないですか」

「かまわぬから行け。どうせ暇《ひま》なのだろう」

奥田は駕籠かきに銭を握らせると、勝手に駕籠に乗りこんだ。

「ほれ、やれ」

「嫌ですよ。面倒です」

「いいからやれ」

奥田に叱りつけられて、駕籠かきは腰をあげた。面倒くさげに駕籠を担《かつ》ぐと、ゆっくり歩きだす。

「手を抜くな。ほれ、ちゃんと声をあげろ」

「わかった。わかりましたよ」

駕籠かきは掛け声をあげながら、大通りを南にくだる。

気になって、おみよはあとをついていく。

駕籠が止まったのは、薬問屋の前だった。駕籠かきはそれでも丁寧に駕籠をおろして、奥田に声をかけた。

「はい。着きましたよ」

「おう。ご苦労」

「馬鹿馬鹿しい。いったい、なんで、こんなことを……」

駕籠かきが文句をつけようとしたそのとき、軽《かろ》やかな声が響いてきた。

「おう、駕籠かきか。ちょうどよかった。上野までやってくれないか」

「えっ」

驚く駕籠かきのかたわらに、身なりのよい商人が姿を見せていた。

蠟燭問屋《ろうそくどんや》三笠屋《みかさや》の若旦那である与助《よすけ》だ。遊び人として有名で、おみよの知りあいにも、彼のことを好いている娘がいた。

与助は駕籠屋に歩み寄った。

「駕籠を呼ぼうとしたら、声が聞こえてね。急ぎなんだ。駄賃は弾《はず》むから、よろしく頼むよ」

「も、もちろんで」

驚くほど明るい表情を浮かべて、駕籠かきは与助を乗せると、そのまま北に向かった。足取りは驚くほど軽い。

「ついているねえ。遠乗りの客に声をかけてもらうなんて。大儲けじゃないか」

旅装束の男が口を開くと、近くにいた商家の手代がうなずいた。

「いやいや、あの若旦那、毎月十のつく日には、浅草に行くんですよ。決まってこの時間に。声をあげてきたから、目についたんですね。運がいいや」

それは違う。与助が気づいたのは、奥田が駕籠を拾い、声をあげさせたからだ。あれがなければ、間違いなく別の駕籠を拾っていた。

そもそも、一町だけを駕籠で動くなど不自然だ。もしやすると、奥田はすべてを知っていて……。

おみよは息を呑んで、左右を見まわす。

奥田を探したのであるが、いつの間にかその姿は消えており、残されたのは吹き抜ける春の風だけだった。

「不思議な方」

奥田という人物、本当にとらえどころがない。

いったい、何者なのだろう。

そうだ。今度、土橋を誘って聞いてみよう。あのお方のことなら、ちょうどいい話題になるはずだ。

ここのところ遠慮して待ってばかりだったが、じっとしていてもしかたがない。よい機会だから、こちらから動こう。

どんな顔をして、土橋は話をするのか。ちょっと楽しみだ。

おみよは、軽やかな足取りで芝口に向かった。気分は自然と浮き立っていた。

思わぬ出来事で時間を使ってしまったが、あそこでおみよと逢えたのはよかった。元気そうでなによりだった。

九

「お武家さま、仕度は調いました」

大岡が参道に出たところでおまちが声をかけてきた。凜々《りり》しい顔立ちで、気合《きあい》が入っているのがわかる。

「よし。では、はじめるか」

「はい」

おまちは前に出た。

「さあ、みなの者、お立ち会い」

さわやかな日射しを浴びながら、男装の娘は軽《かろ》やかに扇子《せんす》を振りつつ口上《こうじょう》をはじめた。

「今日、ここに集まったのは、江戸の町で、その名を知られた店の者たち。この日のために屋台を仕立てて得意の一品を作りあげ、この場に集まったみなさまに食べていただきたいと考えてのこと。なんと集まった店は、三十軒。すごいであろう」

おお、と歓声があがる。

彼女の前には、参拝に来た客が並び、熱い視線を向けていた。

美貌の娘が男装で語るという趣向のみならず、居並ぶ屋台が彼らの興味を惹いてやまなかったようだ。いまの段階で、百人は超えているだろうか。

「さて、今日、お目にかけるは、各々の店が趣向《しゅこう》を凝《こ》らし作りだした変わり飯。菜花飯《なたねめし》。紫蘇飯《しそめし》、ぎば飯、藤色飯《ふじいろめし》、蜆飯《しじみめし》、玉子かゆ……とあげれば、きりなし。それを一挙にそろえて、この場で食べてもらおうというもの。口直しに泥鰌汁《どじょうじる》も用意してあるという念の入りよう。さて、どうかな。食べてみたいかな」

おまちが手を振った。

その背後には、屋台がずらりと並んでいる。屋台村と呼ぶにふさわしい雰囲気だ。

早く食べさせろ、という声があがる一方で、どうせ値は高いのだろうという声も響く。

おまちは、声を聞いて大仰《おおぎょう》にうなずいた。

「逸《はや》る気持ちはよくわかる。値を疑うのもやむをえまい。だが、この食べ自慢、宮永町がその誇りにかけて執りおこなうもの。けちくさいことは言わぬ。飯はひとつ十六文。全部食べれば、大負けに負けて、二百文だ。これならば、この根津に来るような奴は、いくらでもいけるだろう。さあ、食べてくれ」

おまちが手を振ると、わっと屋台に人が群《むら》がった。

そこには、参拝客だけでなく、根津門前町の民も含まれていた。男女を問わず屋台に押し寄せ、注文していく。

こちらの狙いどおりだ。これならうまくいく。

追いこまれたおまちを救うため、大岡はいくつかの策を提示した。

そのひとつが、この屋台村だ。

江戸中の名店に屋台を出してもらい、味を競わせる。品書きは丼物にし、飯の上に具材が乗っていれば、なんでもよいとした。

じつはこの策、かつて根津権現が実施した屋台祭りを参考にしていた。

天下祭の半月ほど前、門前町に屋台が集まって、安価で参拝客に食事をさせるという催しがおこなわれた。大きな話題となって客は集まったが、一方で周辺の店から客がいなくなってしまい、抗議の声が町方に寄せられた。

そのときの調書を大岡は読んでいて、今回、さらに規模を大きくし、屋台村という形で再現したのである。

大岡は、具体的な計画を練りあげると、知りあいの店に声をかけ、屋台を出してくれるように頼みこんだ。

三十を超える数がそろったのは、協力してくれる者が多かったからだ。おまちや宮永町の民のみならず、太助や用吉、さらには銀次も動いてくれた。

とりわけ、米輔の働きは大きく、彼が声をかけると、名の知れた料理屋が出店に応じてくれて、準備が一気に進んだ。

屋台がそろったのは一昨日のことで、上野界隈では、おもしろい催しが開催されるということで話題になっていた。

実際、物見高い客が集まって、押しあう騒ぎである。宮永町の住民が整理にあたっているが、簡単にはおさまりそうになかった。

大岡も速歩で、玉子かゆの屋台に走りこむと、すかさず注文を出した。

ここは八十吉が出した屋台で、事前の情報で数が少ないことは知っていた。絶対に負けるわけにはいかない。

なんとか大岡は玉子かゆを受け取ると、一気に食べきった。

「うまい。さすがだ」

「あいかわらずの食い意地ですね。御隠居」

いつの間にか、おまちが大岡のかたわらに立っていた。顔には笑みがある。

「うまいのだからしかたがない。遠慮していては罰があたる」

「けっこうな話ですが、その食べっぷりを見ていると、御隠居に踊らされたような気がします。じつは御隠居が食べたいから、この策を講じたのではありませんか」

「そんなことはない……そんなことはないぞ」

本音を言い当てられて、大岡はわずかに顔をゆがめた。

「まずは、この界隈を引っ掻きまわすことが肝要《かんよう》と思ったのだ。食い意地がすべてのように思われるのは、いささか心外だな。実際、うまくいっている」

大岡が横目で見ると、寺社の同心と思われる武家が現れて、屋台を指さしていた。渡世人も集まって、何事か吠えていた。

そのうち文句をつけてくるだろうが、こちらは町方の支配下であり、彼らに口出しはできない。門前町の客を奪うことにはなるが、それは屋台の魅力に惹かれたからであり、別段、強引な勧誘をしたわけではない。勝手に門前町から人が来て、勝手に買物をしていく分には、なんら問題はない。

「今日のところは、これでよかろう。様子を見ていてくれ」

「承知」

「では、まかせたぞ」

次はなにを食べるか。

大岡が米輔の屋台に足を向けたとき、横から彼を呼ぶ声がした。

「旦那、来ましたぜ、昨日」

八十吉だった。

最初はなんのことかわからなかったが、説明があって、大岡は理解した。

思わぬ流れになったことに驚きつつも、大岡はおまちを横目で見やった。

十

土橋の顔を見かけたところで、大岡は歩み寄って声をかけた。

「どうだ。様子は」

「いいですね。だいぶ焦《あせ》っていますぜ」

土橋は、杉の木の陰《かげ》から屋台を見つめた。

例の屋台村は大成功で、連日客が押し寄せ、大変な賑《にぎ》わいとなったが、寺社奉行から達しが出て、四日で中止となった。

人が集まりすぎて危険であるというのが理由であったが、門前町から陳情があったことはあきらかだった。

寺社奉行の黒田《くろだ》豊前守《ぶぜんのかみ》が評定所で嫌味を言ったとも聞いている。催しの翌日に黒田が動くというのは異例のことだ。

達しを受けて、早々におまちは屋台を引っこめたが、すべてではなく、いくつかは残して、日替わりで交代するように仕向けた。

有名店の屋台は存在しているが、それがどこの店であるかは来てみないとわからない。品書きもわからないので、なにが食べられるのかもはっきりしない。

それがかえって客の興味をそそり、行列は変わらずに続いた。

渡世人が出てきて散らしても、いつしか集まってしまうという流れだった。

またもや文句が出て、今度は屋台はふたつだけが許されることになった。

それにあわせて、おまちは花屋を集めて、屋台の周辺を飾りつける催しをおこない、評判をさらった。色とりどりの春の花は、女の目を惹きつけ、新たなる参拝客を根津権現へと誘った。

　昨日は、珍しい動物を集めての催事をおこない、これも人の目を惹いた。

　宮永町には連日、江戸中から人が集まり、これまでと異なる賑わいを見せている。

「これだけ人が集まれば、悪さもしにくいな」

「下手に手を出せば、噂になります。これまでの話を広めていますからね」

「そうでなければ困る」

　参拝客の増加にあわせ、おまちと町の者は宮永町で起きている騒動について、尾鰭《おひれ》をたっぷりとつけて広めていた。

　自分たちがどれほど被害をこうむっていて、どれほどつらい目に遭っているか。門前町の渡世人が、せっかく守ってきた町をいかに荒らそうとしているか。

　すべてを、涙を誘う形で話した。

　茶屋の娘は、泣きながら店が荒らされたときのことを話した。若い娘が、相手の手を取りながら、涙を浮かべて話をするのである。血気盛んな江戸の男があっさりと転がされるのは、当然であろう。

「これでおとなしくなってくれれば、助かるが」

「それは、どうでしょうね」

土橋の表情は渋い。

「神代組は人も金も突っこんでいますから、たやすく引きさがることはないでしょう。寺社とのつながりが深いという話もございますし」

「黒田さまは、立派な方だぞ」

「奉行さまがよくても、下がそうであるとはかぎりません。実際、門前町を守る同心は、神代組に手心を加えています。奴らが本気で手を組むと面倒ですよ」

土橋は小さく笑った。

「ですから、こちらで手を打っておきますよ」

「どうするのだ」

「裏の顔役に話をしてきます。宮永町に手を出すなと」

「どこの顔役だ。上野か、駒込か」

「江戸中ですよ。数は多いですが、まあ、三日もあれば……」

「馬鹿な。何人いるのかわかっているのか」

「二百三十五人です。たいした数ではありませんよ」

土橋は淡々と語った。さながら、昼に食べた蕎麦の話をしているかのようだ。

大岡は驚いた。

「おぬし、連中の居場所を知っているのか」

「当然です。知らなければ、この商売、やってられませんよ」

なんとも凄《すさ》まじい話だが、大岡が視線を向けても、土橋は平然としていた。なにを驚いているのか、とでも言いたげだ。

どうやら、これが本性のようだ。名同心とは聞いていたが、まさか、江戸中の顔役とつながりがあるとは。

「おぬし、隠していたな」

「わざとじゃありませんよ」

先だって、大岡を化物《ばけもの》と称したが、それを言うなら土橋も化物であろう。

「大黒屋のときも、顔役に頼めばどうとでもなったであろうに」

「あのときは、顔役同士が争っていたんですよ。それに裏のやりかたで、おみよを救いたくありませんでしたし」

「わかった。なら、まかせる。あとは……」

大岡はそこで口を閉じた。

「離れろ。一緒にいるところを見られるのはまずい」

土橋は頭をさげて横丁に入ると、おまちが大岡に気づいて、駆け寄ってきた。

「大変です、御隠居。神代組の連中がさっき来まして、とんでもない申し入れをしていきました」

おまちは例の茶屋に、大岡を連れていき、人目につかない縁台に腰をおろしたところで話を切りだした。

「門前町の女郎屋を、宮永町に移すそうです」

「なんと」

「お上の許しは得ていると。根津権現とも話はつけているので、今月中には動かしたいと」

「それはまた急だな」

「私たちが町の者を味方につけたことで、焦っているようです。喧嘩沙汰も増えていて、先日は神田明神の裏手で騒ぎがあったとか」

「知っている。何人かは奉行所で引っ捕らえたようだ」

大岡は神代組が追いこまれていることを見抜いて、網《あみ》を張っていた。

だからこそ、騒ぎが起きるとすぐに土橋に命じて、奉行所の者を送りこみ、一味を取り押さえることができた。

神代組の動きは、隠密方がつかんでいる。調書をすべて暗記している大岡にしてみれば、その動きを見抜くことはたやすかった。

「このままだと危ないと思って、動いたのでしょう」

「無茶をする。宮永町は町方支配だぞ」

「それでもかまわないと思ったのでしょう。相当に焦《じ》れています」

おまちは顔をゆがめた。

「どうやら、神代組は門前町の女郎屋を引き払うつもりのようです。だから寺社も根津の権現さまも、この無茶を許したのでしょう。面倒がなくなって幸いなのですから。ですが、こちらにとっては……」

「そうだな。神代組のすべてを相手にしなければならん。正面から戦うとなると、厄介であるな」

「町の者に犠牲が出る。ひどいことになります」

「どんな無理をしてでも、宮永町を取るつもりか」

「まさか、こんなことになるとは」

おまちの声は渋い。

「催しで江戸の民を味方にできれば、手を引かせられると思っていたのに。いったい、どうしたら……」

「いや、これでいいのだ。我々は勝ったぞ」

大岡は思わず指を鳴らす。これこそ、彼が望んだとおりの展開だ。

「どういうことですか」

「いいから、まかせておけ。この半月で事は大きく動く。そのときが来たら、いつでも動けるようにしてくれ」

「それはかまいませぬが、どうなされるので」

「最後のひと押しをしにいくのさ」

大岡は立ちあがった。いよいよ決着をつけるときだ。

十一

「おぬしが儂と話したがるとはな。珍しいこともあるものだ」

吉宗は上座に腰をおろした。口調がほがらかなのは、機嫌がよいからであろう。

「敬《うやま》う様子を見せるだけで、近づこうとはしなかったからな。なんと言ったか、そう……敬遠か」

「意味が違います」

論語で知について問われて孔子は、民の義を務め、鬼神《きじん》を敬してこれを遠ざくと語った。敬遠とは、この世ならざるものは敬いつつも遠ざけ、人としてやるべきことをやるということで、苦手を避けるという意味ではない。

先日、土橋に言われて、あらためて確認したのだから間違いない。

「なるほど。それで、わざわざ前日から申し入れてきてまで話したいこととはなんだ。よほどの大事であるようだな」

「さようで。この案件は、この先、江戸の町がどうなるか決めることになりましょう」

「仰々しいな。では聞こう。越前、儂になにをさせるつもりだ」

「以前、お話ししたあの件、進めていただきたいと思います」

「あの件とは、根津のことだな」

「さようで」

大岡は詳細を語った。考えていたことをそのまま語っただけだったが、口調はわずかながら熱くなっていた。気持ちがおさえられなかった。

「町の所払《ところばら》いか。思いきった手を打つな」

大岡が申し入れたのは、宮永町を強制的に取り払う件だった。じつのところ、この件は以前から申し入れをしていたが、吉宗が取りあげなかったので、沙汰《さた》止《や》みになっていた。

風紀の乱れが目にあまるという理由で、宮永町の町屋を取りのぞき、地所も没収する。それは岡場所のある区画だけでなく、町の全域にわたる。

実際、護国寺門前の音羽町は、享保八年、風紀の乱れを理由にして、所払を実施している。南北奉行所が共同して事にあたったので、またたく間にひとつの町が消え失せた。

同じことを、今度は宮永町でやる。それが大岡の申し入れだった。

「それに加えて、根岸門前町の支配を町奉行に移すと。思いきりがいいな」

「いつまでも、あのままにしておけませぬから」

門前町の支配変更も、大岡は申し入れていた。寺社にまかせていては、なにも変わらない。

「おぬしの言うとおりにすると、門前町は町奉行の支配下に入るが、その一方で宮永町は消えることになる。それでもよいのか」

「無論です。そこまでやらねば、風紀を正すことはできませぬ」

大岡の脳裏に、おまちの顔がよぎる。心苦しいが、ここは押しきるよりない。

「言いたいことはわかる。そこまですれば、風紀は正すことができよう」

「さようで」

「だが、できぬ。儂は事を荒立てるつもりはない」

「寺社との絡みですか」

「それもある」

「わかります。大変に手間のかかることは。ですが、いずれは手をつけねばならぬこと。放っておいては、江戸の町を治めることはできませぬ」

大岡は言い放った。

「寺社の言い分を聞いて、悪事を見逃すのはあってはならぬこと。我らが毅然《きぜん》とした振る舞いを見せぬと、悪党はおのれが許されたとみて勝手放題にしましょう。いまならば先手を打って、動きを封じることができます。上さまの威光を見せるには、よい機会かと」

「寺社と揉めることになってもか」

「さようで」

「たやすくはいかぬぞ」

「わかっております。時はかけるつもりです。大事なのは、先鞭《せんべん》をつけること」

吉宗は、江戸を大きく変えようとしている。基本的に武家にとって都合のよい町にしたいのであるが、そのためには町の治安がよくなくてはならず、町民に対する気配りはじつに細《こま》やかだった。大岡に無理難題を強《し》いたのも、その一環《いっかん》だ。

江戸の町は以前と比べると、制度が整い、住みやすくなったが、それでもすべての問題が解決したわけではない。寺社の件もそのひとつで、いつまでも放っておくわけにはいかない。

寺社と争っても、意をつらぬく。それを明快にする必要がある。

吉宗は天井を見あげた。

なにを考えているのか、仕草を見ているだけではわからない。ただ、決断の早い吉宗が、ここまで迷うのは珍しい。

大岡は待った。それしかできることはなかった。

春の風が吹きこみ、花の香りを運んでくる。それが消えてなくなっても、彼は動かずにいた。

「……そうか。悪事を見逃すわけにはいかぬか」

吉宗は、大岡に視線を戻した。その瞳には力強さがある。

「おぬしの覚悟、しかと受け取った。ならば、その旨《むね》、老中に伝えよう。知らせは早々に伝わるであろうから、そのつもりで動け」

「ありがとうございます」

「江戸の町を治めていくには、やむをえぬ。ただし、儂によけいな手間をかけさせたのであるから、その償《つぐな》いはしてもらうぞ」

　吉宗は笑った。

「これまでの倍、いや、三倍は働いてもらおう。無茶な、とは言わせぬゆえ、そのつもりでおれ」

　予想できた回答であったが、三倍の働きはきつい。身体がもつはずがないと思ったが、それでも、大岡は頭をさげた。

「ありがとうございます」

　声を張りあげたのは、精一杯の見栄《みえ》だった。

十二

　すべての手筈《てはず》を整えてから、大岡は例の茶屋に赴《おもむ》いた。

日射しが頭上から降りそそぎ、熱気を帯びた風が境内を吹き抜ける。参拝客が多いのは、町が落ち着いてきたからだろう。剣呑《けんのん》な空気はもう感じられない。

大岡が縁台に腰をおろした。

隣には、おまちがいる。その表情は明るかった。

「話は聞いたな」

田楽を頼むと、大岡はおまちを見つめた。

「もちろんです。正直、驚きました」

「そうか」

「強制所払なんて、そうそうあるものではありませんから」

大岡が広めるまでもなく、宮永町の強制所払の話は町の者が知るところになっていた。

おそらく、寺社の同心あたりから話を聞いたのであろう。自分たちの町が消えてなくなるとなれば、気にするのは当然であった。

まさに、大岡の狙ったとおりだ。

「所払となれば、女郎屋もなにもない。町そのものがなくなってしまうんだから、無理して顔を利かせたところで、なんの得にもならない。むしろ、お上に睨まれるだけだ」

「町の者も驚いていましたが、もっと心が揺らいだ者たちもおりまして」

「神代組だな」

「手間暇《てまひま》かけたのが、すべて無駄になりましたから」

おまちは、噂を聞いた神代組が、宮永町進出を取りやめたと語った。

せっかく進出しても、町そのものがなくなったのでは意味がない。

だが、すでに女郎屋の移動ははじまっており、押しとどめることは難しかった。根津権現や寺社奉行とも退去で合意しており、ここでもとに戻ることを願っても、両者が受け入れることはないだろう。

結局のところ、神代組は根津から追い払われることになり、十日前には全員が姿を消していた。

なお、逃げる最中、どこかの渡世人に襲われて、頭領以下の主だった者がひどい目に遭わされたという噂が流れた。町の者は真相を気にしたが、知っているのは大岡を含めて数人だけだった。

「なにをやっても、お上の力には敵《かな》わないってことですか」

おまちの言葉に、大岡は首を振って応じた。

「そうでもないさ。おぬしたちが騒いだからこそ、町奉行所の知るところとなって、話が上に伝わった。なにもしないでいたら、神代組の好きなようにやられていた。おぬしはよくやったよ」

「そういってくれるとありがたいですね」

そこで、おまちは表情をあらためた。

「で、宮永町の所払だけど、本当のところはどうなんです」

「できるわけがなかろう」

大岡は笑った。

「こんな根津権現に近くて、寺社の影響力が強いところで、町奉行が勝手次第にできるはずがない。ましてや、門前町の町方支配という話も絡んでいる。向こうが抵抗して、最後はうやむやになってしまうさ」

黒田豊前守からは反対の意を告げられていたし、老中もあまりよい顔はしていなかった。吉宗が発案したので、しばらく評定所でも議論になるだろうが、最終的には様子見ということで落ち着くはずだ。

それがわかっていたからこそ、大岡は吉宗に、宮永町の所払という強硬手段を頼みこんだのである。

大事なのは、所払があるという話が出ることで、実際に所払がおこなわれることではなかった。

諸々《もろもろ》の反対で、所払が立ち消えになるところまで、大岡は計算に入れている。要するに騒ぎを起こして、神代組をあきらめさせることが大事だった。

おまちが平然としているのも、そのあたりの事情を見抜いているからだ。本気で所払がおこなわれると知れば、相手が大岡でも容赦なく噛みついてきただろう。察しがよくて、本当に助かる。

「ただ、御公儀に宮永町が睨まれていることはたしかだ。迂闊なことをすれば、そのときは本当に所払だ。町奉行もかばいきれない」

「心しますよ。苦しいが、なんとか町をまとめていきます」

おまちは、小さな笑みを浮かべた。

本当にこの娘は、よく踏ん張った。苦境にあっても引かず、宮永町の用心棒として最後まで働いた。屋台村でも率先して、宣伝に立った。彼女の働きがあったからこそ、町は平穏を保《たも》つことができた。

ならば、ご褒美があってもよかろう。

大岡が手をあげると、茶店の娘が味噌田楽を持ってきた。

「食べてみよ」

「いや、田楽は……」

「いいから。食べればわかる」

おまちは、勧められるままに串を取り、口に入れる。

一瞬で顔色が変わる。

「こ、これは……まさか」

「そうだ。おぬしが言っていた、江戸でいちばんうまい田楽だ」

大岡も田楽を手に取り、口に放りこむ。

すばらしい。

単純な料理で、よくもここまで深い味わいが作れるものだと思う。

「八十吉から知らせがあった。この田楽の作り方を教えてくれた男が訪ねてきたと。江戸に戻ってきたら、八十吉の話を聞いたらしく、気になって顔を出したようだ。しばらく、上野の宿に泊まっていたが、三日前にふらっと出ていって、傷だらけになって戻ってきたよ」

その男がなにをしたのか、大岡は直に話を聞いた。

神代組を叩きのめしたのは、彼だった。おまちの役に立てなかったから、せめて尻拭《しりぬぐ》いぐらいはしたかった、と重い口で語った。

「すべきことは済んだらしい。もしかしたら、江戸を出るつもりかもしれん」

「あの人は、いま、どこに」

「八十吉の店だ。新しい田楽の作り方を教えている。会いたければ……」

話の途中でおまちは立ちあがり、茶店を飛びだした。

その顔には、歓喜の色があった。

おさえつけていた思いが、一気に爆発していた。

そう、田楽の作り方を八十吉に教えた男こそ、以前、語った顔役の息子であり、かつ、おまちの想い人だった。江戸を離れて諸国を旅していたが、ようやく戻ってきて、八十吉の店に顔を出した。

本人はすぐに立ち去るつもりだと語っていたが、いまだとどまっているのは、なにか未練があってのことだろう。

無論、おまちもそうだ。

想いは深く、激しい。

だからこそ、人目も気にせず、参道を駆けていく。

おまちの姿は、夏の日差しのように力強かった。男の胸に飛びこむまで、さして時はかからないだろう。

「ひとりぐらい、喜ぶ者がいないとな」

大岡は頭を掻いた。

根津にかかわったおかげで、大岡はつまらぬ面倒を背負いこんだ。

寺社奉行の黒田は敵にまわすし、吉宗からは三倍の仕事が押しつけられるし、奉行所の仕事は山積みになるしで、よいことなどひとつもなかった。

面倒は当分続き、大岡にとって、考えるだけで胃が痛くなることばかりだ。

孤立無援《こりつむえん》の状況だ。

それでも、この田楽が味わえたこと。

そして、おまちの弾《はじ》けるような笑顔を見ることができたのは、幸運な出来事だったのではないか。

そう思えるほど、去っていった娘の顔は美しく、口にした田楽は途方もなくうまかった。

幕間　煮卵

【煮卵】

酢を多めに混ぜた水を鍋に入れ、卵を投入した直後に、菜箸で卵をまわすと、きれいに仕上がる。

一

徳川吉宗が馬をおりると、冷たい風が川辺に押し寄せてきた。

さすがに寒い。温暖な伊勢《いせ》でも十一月のなかばとなれば、冬の空気に包まれる。遮《さえぎ》るもののない川辺には、冷気が容赦《ようしゃ》なく襲いかかる。

供《とも》をしている若い奉公人が顔をしかめるなか、吉宗は川辺を離れて、奥の細い道に入っていく。草の枯れた大地を抜け、溜め池から流れだす小川を渡ったところで、ようやく足を止める。

「このあたりか」

「はい。杭《くい》が入っていると思われます。そこです」

奉公人の示した先には、土地の境《さかい》を示す杭が、小川に沿う形で打ちこまれていた。川辺から続いており、その数は確認できただけでも十を超えていた。

「なるほど、だいぶ松阪領《まつさかりょう》に食いこんでいるな」

「北に二町はあがっていると思われます。従来は、その奥の川だったので、我らの領土は大きく削《けず》られました」

「やってくれる。おもしろい」

「城下は大騒ぎです。江戸表《えどおもて》に訴えるという声も出ているほどで」

「できるものかよ。いまの紀伊徳川家に、幕府と戦う度胸があるものか」

吉宗が紀伊徳川家の当主となってから七年。骨のある振る舞いをする家臣は、数えるほどしかいなかった。譜代《ふだい》で家禄《かろく》の大きい者ほど口先だけで、みずから手を動かすことは決してしない。

改革にも、前例がないと反対をとなえ、ひたすら足を引っ張ってくれた。

「もう五人、役に立つ者がおれば、紀伊徳川家の立て直しはもっと進んだであろうがな。阿呆《あほう》ばかりだ」

「殿。それはさすがに……」

「あたりまえのことを言って、なにが悪い。それより例の男は……」

「あそこです」

川辺に、黒の羽織《はおり》を着た男が座っていた。かたわらには七輪《しちりん》と鍋《なべ》があり、彼の視線はそこに向いている。

煙があがっているところを見ると、七輪には火がついているようだが……。

「いったい、なにをしているのだ」

「わかりません。この三日ばかり、ずっとあのようにしておりまして」

「本当に、あやつが山田奉行《やまだぶぎょう》なのか」

「はい。大岡能登守《のとのかみ》忠相に相違ありません」

山田奉行は幕府が設置した遠国《えんごく》奉行のひとつで、伊勢神宮の警護、建替、修繕を監督する。伊勢国の天領支配や、志摩国鳥羽湊《しまのくにとばみなと》の船舶出入りの点検もおこなうので、その役割はきわめて大きい。

奉行所は伊勢国小林《こばやし》に置かれており、二名の奉行が交代で職務を執りおこなう。

大岡が奉行に任じられたのは、今年のことだ。若手の旗本で、挨拶もそこそこに奉行所に入ると、いきなり長年の懸案《けんあん》に手をつけた。

伊勢神宮と紀州徳川家は、佐八《そうち》で境目争《さかいめあらそ》いを続けていた。

発端は寛永の御代にさかのぼり、妥協案が出されて落ち着く時期もあったが、しばらくすると蒸し返されて、騒動のもとになった。寛文十年には朱印状《しゅいんじょう》まで出されたがおさまらず、元禄の末期には、またも争いが起きる事態になった。

道理は伊勢神宮側にあったが、紀伊徳川家の影響力を気にかけ、山田奉行が曖《あい》昧《まい》に済ませていたことが、問題を長引かせる原因になっていた。

それが、大岡の登場で劇的に変わった。

境目に杭が打たれて、双方の領土が確定した。争いはまたたく間に片付いてしまった。

驚いた吉宗は、事情を知るため、佐八を訪れた。家臣には内緒で、供もひとりしか連れてきていない。

村の者に話を聞くと、騒動が片付いてからも大岡はたびたび姿を見せ、川辺を歩いているという。熱心だと思っていたが、村の者の表情が冴えないところを見ると、なにやらおかしなことが起きている様子だった。

「どれ、話しかけてみるか」

「お待ちください。迂闊《うかつ》なことをすれば騒ぎに……」

「大丈夫だ。誰がこんな貧乏くさい武家を紀州の当主と思うか」

「では、手前が先に……」

「いや、おぬしはここにいてくれ。顔を見られるのはうまくなかろう」

吉宗は、奉公人を置いて大股《おおまた》で大岡に歩み寄った。

吹き抜ける風はいくらか弱まっており、強い寒さを感じることはなかった。

傾《かたむ》いた日射しが、草の枯れた大地を朱色に染めていく。

吉宗が近づいても、大岡は顔をあげなかった。ただ七輪の上の鍋を見ている。

身分を偽《いつわ》るため、丁寧《ていねい》に話しかけようと考えていたが、実際に出てきた言葉はいつもと同じだった。

「おぬし、なにをしている」

大岡は顔をあげた。ようやく吉宗が来たことに気づいたようだ。ぼんやりとした表情が、なんともおもしろい。

「煮卵《にたまご》を作っております」

「な、なんだと」

「煮卵です。卵を湯に入れ、白身と黄身を固めて食べる。そういうものです」

「それは知っている。聞きたいのは、なぜ、ここで作っているかということだ」

「ここで作りたいからです。他に理由はございませぬ」

「……なにを言っているのだ」

初冬の時期に、わざわざ鍋と七輪を持ってきて、川辺で煮卵を作る。その理由《わけ》がわからない。いったい、なんの意味があるのか。

「寒いところで煮卵を作ると、身が引き締まります。うまみが増すので、よいことと思われます。それに……」

「なんだ」

「いえ、たいしたことではありません。できたようです」

大岡はざるを使って煮卵を取りだすと、かたわらに置いた水を入れた鍋に、すばやく移した。十分に時間をかけてから、ふたたびざるで取りだすと、手ぬぐいの上に置く。

「食べるのか」

「もちろんです」

「儂《わし》も食べてよいか」

「どうぞ。数はありますので」

大岡は、吉宗に煮卵を渡した。

「ふむ。殻《から》がたやすくむける。これはよいな」

「酢《す》を混ぜています。あとは塩です。それで変わります」

吉宗は殻をむくと、そのまま煮卵にかぶりついた。ふた口で食べきってしまう。

「うむ。これはいい。他の煮卵とは違う。味わいが深い。そうであろう」

「コクがあって、味が濃くて。あとはしっかり白身も黄身も固まっているのがよいのです」

「どうやって作った」

「難しいことはしておりませぬ」

大岡は丹念《たんねん》に作り方を説明した。

近所の農家から分けてもらった卵を、割れぬように気をつけながら、鍋に入れる。そのとき大事なのは火加減で、強すぎると泡で殻が割れてしまうので、塩梅《あんばい》には気をつかう。

茹であがりまでの時間は、書物を読んでいる時間で計る。七つ目の項目を読み終えたところが、ちょうどよい。

話が終わったところで、大岡は煮卵をかじった。途端に表情が渋《しぶ》くなる。

「いまいちですな」

「そうか。十分にうまいと思うが」

「完璧ではありません。また明日、作り直します」

「明日もここでやるのか」

「そうです」

大岡は鍋に目を落とす。その表情に大きな変化はない。

いったい何者なのか。変な男だと思う一方で、煮卵の作り方に異様にこだわる大岡に、吉宗は興味を覚えていた。

二

翌日も、吉宗は同じ時間に川辺を訪れた。大岡は同じ場所で煮卵を作っており、吉宗はそのかたわらに立ち、昨日と同じように煮卵を食べた。

十分にうまいように思えたが、大岡は不満だったようだ。表情は冴えない。

翌日も吉宗は訪れて、大岡から煮卵を受け取った。少し塩気が強くて、今度は吉宗も不満だった。

「作り直します」

大岡は淡々《たんたん》と語った。

三

「今日も行くのですか」

供の奉公人に問われて、吉宗はうなずいた。

「ああ、おもしろいからな」

「これで五日です。少々、飽きました」

「なにを考えているのか、わからぬ。そこがよい」

待っている間、大岡と話をするようになったが、深くその内面に切りこむことはできなかった。吉宗は正体を隠していたし、大岡もあえて自分の身分については語ろうとしなかった。本音で語りあえないと、本性は見えない。

吉宗がひとりで川辺に赴《おもむ》くと、いつもと同じように大岡が煮卵を作っていた。

「今日は来ないと思っていました」

珍《めず》しく大岡から話しかけてきたので、吉宗は驚いた。

「用事があってな。村へ出ていた」

「そうですか」

「道すがら、おもしろい話を聞いた。野菜泥棒が捕まったらしいのだが、その経緯が興味深かった」

吉宗は、鍋をはさんで大岡と向かいあった。

「老人が畑で菜っ葉を作っていたが、それが何者かに盗まれていた。畑から引っこ抜いて、それを町で売っていたというのだから、なかなか荒っぽい。そこで、とある人物が人をやって、葉の裏に字を書かせた。しばらくすると、その字が書かれた野菜が町に出まわった。早々《そうそう》に売っている人物を捕らえたところ、盗んだことを白状したそうだ。じつに手まわしがよい」

大岡は答えず、菜箸《さいばし》で煮卵を掻きまわしていた。

「このやりかたは『棠陰比事《とういんひじ》』という唐《から》の国の審理《しんり》をまとめた書物に記されている。それで気になって聞いてみたところ、教えてくれたのは山田奉行だという」

吉宗は煮卵を作っている男を見る。

「知っていたのか。大岡能登」

「当然です。紀伊権中納言《ごんのちゆうなごん》さま」

「気づいていたのか。いつからだ」

「最初からです。ここまで、ずうずうしい物言いができる方は限られますから」

「それで、その態度か。ずうずうしいのはお互いさまだな」

吉宗は笑った。やはり、おもしろい男だ。

「では、聞こう。なぜ、おぬしはここのところ、毎日こんなところまで出てきていた。奉行所からは遠いであろうに」

「杭を抜く者が出てこぬように、見廻《みまわ》りをしておりました」

大岡は、杭が埋められた大地に目を送る。

「境目が確定したあとも腹が立ったのか、紀州家の家臣が杭を抜きにきました。そのたびに追い払っていたのですが、奉行所には事を荒立てることを嫌がる者も数多くおりまして。役目を断るようになりました。ですから、手前が来ました」

「わざわざか」

「他に人がおりませんでしたから」

大岡は淡々と語った。

「思いのほか効き目はありました。奉行がいることを知ると、紀州家の方々は逃げていきましたから。おかげで煮卵に集中できました」

「なぜ、おぬしは境目の懸案に手を突っこんだ。これまでの奉行は、揉め事を怖れて嫌がっていたのに」

「道理は、伊勢の神宮にあります。朱印状も見ましたし、帳面も調べました。神宮に残っていた書付も読みましたし、評定所に残っていた資料も送ってもらいました。その結果、正しいのは神宮であるとわかりました。ならば、放っておくわけにはいきませぬ」

「すべてと言うが、膨大《ぼうだい》だぞ。どれだけあった」

「千二百十一です。たいした数ではありません」

「それがどこにあるのか、わかっているのか」

「当然です。場所がわからなければ、証拠にはなりません」

内容も場所も暗記しているのか。すべて。

こいつ、化物か……。

吉宗は気になって訊ねた。

「そういえば、先だって『棠陰比事』を引用した話をしたな。おぬし、どれだけ覚えている」

「すべてです。あの書は役に立ちますから」

唐の国の古典まで頭に入れているのか。尋常ではない。

驚くべきは、これほどの知謀《ちぼう》を有していながら、まったく自覚がないことだ。あたりまえのことのようにやっている。

こいつ、使える。

この能力を最大限に引きだせば、自分の望む改革ができるかもしれない。

吉宗は笑った。ようやく見つけた。本当の意味で使える人材を。

「おぬし、食い物は好きか」

突然、吉宗が話題を変えても、大岡は気にすることなく応じた。

「好きです。それしか楽しみがありません」

「人が作ってくれた物も食べるか」

「はい。話を聞けば、どこにでも行きます」

「そうか、そうか。よいぞ」

吉宗は立ちあがった。

「もう、おぬしはここへ来ずともよい。家臣には、手を出さぬようにきつく言っておく。奉行所に戻って、早々に仕事せよ。儂も頼みたいことがある」

大岡は立ちあがって一礼した。その手には、煮卵があった。

いつ、できあがっていたのか。話に夢中で気づかなかった。

吉宗は礼を言って、卵は食べないまま、大岡の前を去った。供の者と合流したのは、川辺を離れてからだ。

「よいのですか、殿」

「かまわぬ。それよりも、あやつのこと、調べておけ。近いうちに家臣にしてやる」

「あの者は旗本です。勝手はできませぬぞ」

「そのあたりはどうとでもなるさ。いや、待て……」

引っ張ることができぬのならば、いっそ大岡の主君になるか。楽な道ではないが、幕府を牛耳《ぎゅうじ》り、堂々と彼を使うことができる立場になれば、いま以上に大きな改革ができよう。

「とにかく調べておいてくれ。御庭番《おにわばん》のおぬしなら、たやすかろう」

「全力を尽くします」

「もうひとつ。料理の腕も磨《みが》いておけ。いざとなったら、あやつを食い物でつってやる」

「待ってください。殿、それは……」

「いいや。決めたのだ。うまくやってくれよ、米輔」

米輔と呼ばれた奉公人は、大きく息をつきながら頭をさげた。

この男なら、町人として暮らした経験も長いので、料理人に化けることもできよう。うまくやってくれるはずだ。

先々のことを考えながら、吉宗は冬枯れの斜面をくだっていく。

最後に振り向くと、土手の上に大岡が立ち、静かに頭をさげているのが見えた。

その姿は、夕陽に照らされて、さながら後光《ごこう》を背負う如来《にょらい》のように見えた。

第三話　ほたる飯

【ほたる飯】

塩を加えて炊いた米に、よく煮た黒豆を置く。最後に、信楽煎茶をかけて仕上げる。塩加減で、味の締まりが変わる。

一

話を聞いて、大岡は顔をしかめた。さすがに鬱陶《うっとう》しい。

「いや、いきなり、そんなことを言われてもなあ」

「お願いしますよ。頼りになるのは、御隠居だけですから」

米輔は手を合わせて、頭をさげた。

「用吉さんの知りあいが、悪い金貸しに引っ掛かって、身ぐるみはがされそうなんですよ。左官としてようやく身を立てられるようになったのに、そんな目に遭うなんて、ひどいじゃないですか。金を借りたのだって、病気の親方を助けるためのことで、全然悪いことはしていないんですよ」

「それは、気の毒だな」

「そうでしょう。ですから……」

「と言われても、儂《わし》はその男を知らん。理由もわからないまま口出しはできぬ」

「そう言わずにお願いしますよ、御隠居」

用吉が米輔の横に並んで、頭をさげた。

いつもと違って、表情は硬い。声も神妙だ。困ったことになった。

今日は、竹《たけ》の子《こ》の蒸し焼きが食べたくて『みきや』を訪れたのであるが、思わぬ騒動に巻きこまれてしまった。

このところ、この手の話が増えていて、大岡は困惑していた。

一昨日は、足袋屋《たびや》の権蔵《ごんぞう》が女房と喧嘩して困っているから、なんとかしてくれないかと言ってきた。知ったことかと思ったが、同じ店に通う仲間とあっては無《む》下《げ》にできずに、『棠陰比事』から使えそうな話を教えてやった。

十日前には、飯屋同士の喧嘩も仲裁した。

妙な話が増えているのは、宮永町の一件にかかわっていたことがいつの間にか知られていて、あそこの御隠居に話を持っていけばなんとかしてくれる、と思われているからのようだ。

なんとも面倒な話だ。

「昔を思いだすなあ」

山田奉行だったころも、大岡は住民から相談を持ちかけられて、振りまわされていた。紀伊徳川家との境目問題を片付けたことで注目されたからだが、なにかと頼られることが多くて大変だった……。

「お願いしますよ、御隠居。今日は、卵雲丹《たまごうに》の田楽をお出ししますから」

「なんだと、あれをか」

卵雲丹の田楽は『みきや』の名物で、いい素材が入ったときにしか出てこない。大岡も一度しか食べたことがない、幻《まぼろし》の一品だ。

「今日はいい卵が手に入ったんですよ。よい頃合いなんで」

「だがなあ」

「白身魚《しろみざかな》の刺身《さしみ》もつけますから」

「そ、そうか」

大岡は咳払《せきばら》いした。

「……だったら、しかたないな。とにかく話を聞かせてみろ」

「ありがとうございます」

「いや、べつに儂はうまい物が食べたくて、聞くわけではないぞ。話があるというのに、無視するわけにはいかぬからだ」

「それはわかっていますよ。じゃあさっそく……」

そこで米輔の話は途切れた。

大きな声をあげて、客が入りこんできたからだ。

「米輔さん、酒だ。酒くれ」

背は高く、胸板《むないた》が厚い男だった。腹は出ているが、太っているという印象はない。縞《しま》の小袖《こそで》に縄帯《なわおび》という格好で、使いこんだ草履《ぞうり》を履いている。

男は店に入ろうとしたところで、よろめいた。足はふらついていて、目線も揺れている。

「仁助《にすけ》さん。どうしたんですか。こんなに酔って」

「なに言っているんだ。酔ってねえよ。朝なのに、なんで酔ってないといけないんだよ」

「よく言いますね。酒臭い息をさせて」

「そんなことはないですよう」

仁助が息を吹きかけてきて、米輔は顔をしかめた。

ひどい酔い方だ。まさか、この男がこんな振る舞いをするとは。

仁助は廻船問屋の遠州屋《えんしゅうや》に勤める人夫で、三日に一度は『みきや』に顔を出す常連だ。

身体は大きいが性格は穏《おだ》やかで、用吉や権蔵が言い争うと、すぐに間に入って止める。いつも笑っていて、声を荒らげるようなことは一度もなかった。

「はい。とりあえず水を飲んで」

米輔が柄杓《ひしゃく》で水を飲ませると、仁助は顔をしかめた。

「おいしくない。お酒じゃない」

「もう一杯、さしあげます。これを飲んで、今日は長屋に戻って休むといいですよ」

「いやだ。今日は飲む。とことんまで飲んで、あの世に逝ってやる」

「いったい、どうしたんですか。仁助さんらしくありませんよ」

「仕事を辞めさせられた」

仁助の言葉に、大岡は絶句した。

「どうして、そんなことに」

「知らない。こっちは、なにも悪いことはしていない。一生懸命にやっていたのに、突然、明日から来なくていいって言われた」

「そんな無茶苦茶《むちゃくちゃ》な」

仁助は働き者として知られており、荷車《にぐるま》を引いて重い炭を文句も言わず運ぶ姿は近所でも評判だった。体調が悪くとも、仕事を休むことはなく、まわりから心配されても笑って頭をさげてごまかすだけだった。

病気がちな親の面倒をずっと見ていて、稼いだ金は薬湯代《やくとうだい》に消えていたが、その親が半年前に亡くなった際には、人目も憚《はばか》らず泣いた。かあちゃん、すまねえ、俺がもっと稼いでいれば、と言いながら。

悪さをするような人物ではないのに、いったいどうして……。

「ひでえな。なんの前触れもなく、いきなりかよ」

「まったくだ。遠州屋の旦那は血も涙もねえのか」

客の間で声があがる。こんな働き者を辞めさせてどうする、という声もする。

「御隠居、なんとかならねえんですかい」

用吉の言葉に、大岡は顔をしかめた。

「いや、それは、ちょっと」

「米輔さん、酒」

「やめましょう。今日は飲みすぎてます」

仁助がもたれかかってくるのを、米輔は優しく支《ささ》えた。

「無理しないでください」

「飲みたいの、俺は」

「駄目です。これ以上、飲んだら、明日差し支《つか》えますよ」

「明日なんかねえよ」

「仁助さん」

「……わかった。じゃあ、帰る」

仁助は、米輔を振り払って店を出た。その横顔は寂《さび》しげだ。

「なんだよ。間違っていると思ったから、確かめただけなのに」

ぽつりとつぶやいたひとことが、大岡の胸に刺さる。

確かめる？

いったいなんのことだ……。

なにか声をかけたいと思っているうちに、寂しげな仁助の背中は、いつしか町に消えていた。

その三日後、仁助は死んだ。大岡のもとに知らせが届いたのは、その日の午後だった。

二

土橋は白洲《しらす》の奥にある内詮議所に入ると、静かに腰をおろした。奉行に呼びだされたというのに、いつもと変わった様子はない。

最近、ずうずうしさに拍車《はくしゃ》がかかったようだ。これが本来の姿なのであろう。仕事ぶりは熱心で、先日も京橋界隈で暴れていた盗人一味を取りおさえた。いつの間にか調べを進めていて、気づいたときには一味の名前から居場所までつかんでいた。狙いの商家もわかっていたので、そのときに備えて待ち伏せするだけで、一網《いちもう》打尽《だじん》にできた。

働いてくれるのはありがたいが、その厚かましい表情を見ていると、いささか腹が立つ。

まったく、どいつもこいつも……。

「もう少し殊勝《しゅしょう》な顔をしたら、どうだ。奉行が呼びつけたのだぞ」

「いまさら気にしてもしかたありませんよ」

「最近は忙しいようだな。おみよが逢えなくて寂しがっていたぞ」

「ご心配なく、きちんと話はしておりますので」

土橋は笑った。

「それより、芝口の屋台はいかがでしたか。天麩羅《てんぷら》が絶品とのことでしたが」

「うまかった。揚げ方が巧《たく》みでな。なにかひと工夫していると思われる」

そこで大岡が口を閉ざしたので、土橋は表情を変えた。

「なにかありましたか」

「べつに、なにもない」

「そんなはずはないでしょう。御奉行さまが、例の蘊蓄《うんちく》を語らないんですから」

「なにもない。ないが、ちょっと気になることがあるだけだ」

「もしかして、仁助の件ですか」

土橋の表情がわずかに濁《にご》った。

「ああ、まあ、そうだ」

大岡は素直に認めた。仁助の件はひどく気になっていた。

「かわいそうですよね。あんなことになって」

土橋は大きく息をついた。

「あんなに苦労して母親の面倒を見て。それが終わってこれからってときに、あんなふうになっちまうなんて。正直、こたえますね」

仁助の死体が見つかったのは、霊巌島《れいがんじま》の先にある沼地だった。たまたまその日、釣りに出かけた大店《おおだな》の主《あるじ》が、草むらに埋まるような格好で横たわる仁助を見つけた。

発見されたときには、すでに息絶えていた。

肩に昔からの大きな傷跡があり、そのことを知っていた者が新川の酒問屋にいたので、山下町の裏長屋に知らせがいき、そこで身元がはっきりした。

「検分しましたが、切り傷とか、首が絞められたような跡はございませんでした。死体を引きあげた際、水が口からあふれたということですから、おそらく川に落ちて、そのまま流されたのでしょう」

「仁助は廻船問屋に勤めていた。泳ぎは得意だろう」

「行方知れずになったのは七日前で、そのとき、ひどく飲んでいたってことです。足元がおぼつかないぐらい酒を浴びていれば、どうにもなりませんや」

たしかに、あの日の仁助は酔っていた。

意識が朦朧《もうろう》としていて、『みきや』から出ていったあと、米輔や用吉が気にしていたほどだ。

大岡自身、あとを追って様子を見ようかとも思った。

結局なにもせず、米輔の相談事を聞くことにしたのだが、軽率であった。もう少し気を配っていれば、こんなことにはならなかったかもしれない。

「大酒も博打《ばくち》もなし。店の評判もよく、喧嘩沙汰もまったくなし。本当に、静かに暮らしていたんですがね」

「遠州屋を辞めさせられたと」

「ええ、遠州屋の主人に話を聞いたんですが、仁助らしくないしくじりをしたうえに、それを気にした様子も見せず平然としていたので、頭にきてその場で辞めさせたとのことでした。番頭《ばんとう》から諭《さと》され、もう一度、話を聞いてみようと思っていたところに、この騒ぎになってしまったとのことで。ひどく気に病んでいましたよ」

辞めさせられたという言葉は、いまも心に残っている。

「なにも怪《あや》しいところはありません。仁助は酒に酔って、市中をふらふらしているところで足を滑《すべ》らせて川に落ち、そのまま流されて死んだ。それだけです」

土橋は言いきった。

流されて死んだ。

あの働き者の最期が、それだけで片付けられてしまうのか。

あまりにも哀しすぎる。

「しかたないか……なにも出てこないのではな」

「御奉行は仁助のことを……」

「知っている。『みきや』で何度も顔を合わせた」

「では、奴の葬式に……」

「行かなかった。武家が顔を出しても、迷惑になるだけだからな」

町民には町民の流儀があり、町奉行でもおかすことはできない。それはよくわかっている。

それでも、供養《くよう》をしてやりたいという思いはある。ともに食事をした仲なのだから、何事もなく終わってしまうのは寂しすぎよう。

「近いうちに『みきや』で集まろうって話が出ているようです。そのときに行ってみてはどうですか」

「儂が顔を出すのもな……嫌な空気にならなければよいが」

大岡の胸は重くなった。

三

それでも大岡は、話を聞いて、五月なかばに『みきや』を訪れた。

未の刻をわずかに過ぎた頃合いであったが、店は客でいっぱいだった。小上がりには見知った顔が並んでおり、大岡の顔を見ると、手をあげて合図をした。

「御隠居、よくいらしてくれました」

米輔が奥に案内した。小さな縁台があって、大岡はそこに腰をおろした。金の包みをさりげなく渡すと、米輔は仰《あお》いで受け取った。

「いいのか。儂が来て」

「かまいませんよ。この店で同じ時を過ごしたんです。仁助のこと、思いだしてやってくださいよ」

米輔の言葉を聞いて、用吉はうなずいた。その奥にいる足袋職人の権蔵は、涙を浮かべながら、激しく首を縦に振った。

どうやら大岡は、この店の一員として認められているようだ。

ありがたいことだ。

「では、みなさん、今日は仁助を偲《しの》んで、奴の好きだった料理を味わってやってください。精一杯、作らせていただきますので」

米輔が板場に入り、用吉がそれに続く。今日は、彼が給仕を務める。

出てきた料理は、どれもすばらしかった。鱈《たら》の昆布《こぶ》巻きに、白魚の刺身、茸《きのこ》のぬた和えに、蛤《はまぐり》の焼き物と続く。

玉子飯は、平坦《へいたん》な鉄板の上で卵を割って焼いたものを乗せており、さながら黄身が白身という空に浮かぶ月のように見える。

「ああ、あいつ、これが好きだったなあ」

左官の源造《げんぞう》が、涙を流しながら語る。

「わざと黄身を半分に切って先に食べ、次に白身を口にしたんだよな。変な食べ方をするなって訊いたら、母ちゃんから食べ方を教わったって言っていたな。昔、飯屋で働いていて、玉子にはうるさかったって」

「この店は、黄身を硬めにしてくれるから、半分に切りやすいって。それが気に入っていたんだよな」

大岡は仁助が笑みを浮かべて、玉子飯を食べている姿を思いだした。

どんなにつらくても、ここでこれを食べれば気力を取り戻せる。早く寝て、明日からまた働く気になれる。そう言っていた。

なぜ大岡は、あの日、仁助に玉子飯を食べるように言えなかったか。

今日が駄目でも、明日は来いと言えなかったのか。

それで、彼の運命は変わったかもしれない。

町奉行として人を見る目はあると思っていたが、とんだ思いあがりだった。

なんとも腹立たしい。

大岡は玉子飯を掻きこんだ。

「切りうるかです」

米輔が持ってきたのは、鮎《あゆ》の塩辛《しおから》だった。

鮎をできるだけ薄く切り、鮎一升に対して塩五合を混ぜて、手で揉みあわせる。

そのあとは桶《おけ》で漬け、味が染みこんだところで仕上げる。

「これ、はじめて仁助さんが来たときに、お出ししたんです」

米輔はぽつりとつぶやいた。

「店を出してすぐのころで、なにをやるにも自信がなくて、いろいろと迷ってばかりでした。そんなときに、仁助さんがこれを食べて、うまいって言ってくれて。それで自信を持って仕事ができるようになったんです」

鮎の塩辛ははじめてだったが、烏賊《いか》ほど味が濃くなくて大岡には合っていた。夏の香りを感じる。

「これはいいな。なあ、米輔さん、作り方を……」

用吉の声が途切れたのは、そこで十七、八の娘が店に入ってきたからである。丸い顔の輪郭《りんかく》が娘らしいやわらかさで、高く結《ゆ》った島田《しまだ》の髪によく似合っている。顔立ちは整っていて、人の目を惹《ひ》くだけの魅力は持っていたが、全体を覆《おお》う影が生気を削《そ》いでいた。

男たちが言葉を失うなかで、娘は顔をあげて大岡を見つめた。

「あの、今日、仁助さんを偲ぶ集まりがあると聞いたのですが」

「あ、ああ。そうだ。今日は仁助のための集まりだが、おぬしは」

「すみません。私はおあきと申します。芝三島町《しばみしまちょう》の『やまのや』という店で、兄を手伝って働いています」

「また、ずいぶんと遠くから来たな。それで、今日はどういった用件かな」

「あの、私、私……」

そこでおあきは言葉に詰まって泣きだし、その場にうずくまった。

男たちは、無言でそれを見ているしかなかった。

おあきが落ち着くまで、およそ四半刻を要した。

涙を拭き、米輔から渡された茶を飲んでも、その目は赤く染まったままだった。

「すみません。みっともないところを見せまして」

「いや、それはかまわんが。落ち着いたようでなによりだ」

娘に語りかける役目は、大岡が担《にな》った。

できることなら他の者にやらせたかったが、視線を向けても全員が顔をそむけ、大岡に宥《なだ》める役目を押しつけてきた。

米輔ですら浅利《あさり》の塩辛《しおから》を持ってきて、よろしくお願いします、と言っただけだった。

さすがに腹立たしい。

本当に、これでは便利屋《べんりや》だ。

おあきは小上がりに腰かけて、うつむいていた。

押しつけられたとはいえ、放っておくのはかわいそうか。

「さて、話をしてくれるか。用件はなにかな」

「あの、仁助さんのことで、今日、集まりがあるって聞いて……」

「ということは、おぬしは仁助とかかわりがあるのか」

「はい」

「どういったかかわりがあるのか、教えてくれるか」

おあきの顔は赤くなったが、それは泣きはらした結果ではなかった。強い色気が漂《ただよ》う。

案の定、おあきは、仁助と付き合っていたと語った。

知りあったのは半年前。

おあきが新川の下《くだ》り酒《ざけ》問屋に赴《おもむ》いた際、質《たち》の悪い人夫に絡まれてしまった。そのときに助けたのが仁助で、その後、仁助が芝三島町の店を訪ねてきて、付き合いがはじまったとのことだった。

三月には桜を見に、御殿山《ごてんやま》まで出向いていた。

ふたりの付き合いは、おあきの兄も知るところとなり、将来について話しあっていたともいう。

最後に会ったのは四月の末で、近いうちに顔を出すよ、という言葉を残して去っていた。

「それなのに、こんなことになって……」

ふたたび、おあきはうつむいた。その顔は暗い。

大岡は驚いた。あの仁助が、こんなかわいらしい娘と付き合っていたとは。女っ気がないことをさんざんからかわれていたのに、じつは、よい相手を見つけていたわけだ。

それは他の者も同じだったらしく、しばし呆然としていた。

「なにをやっているんだか、あの野郎は」

ようやく用吉が口を開いた。その声は震えている。

「こんなかわいい娘を残して死んじまうなんて。馬鹿にもほどがあるぜ」

その言葉は、大岡の心をえぐった。

もう少し気を配っていれば、悲劇を避けることはできたかもしれない。

おあきの振る舞いを見るかぎり、いっとき仁助が仕事をなくしても、落ちこむ彼を支《ささ》えて、ともに生きられたはずだ。今頃は新しい仕事を見つけて、一緒に暮らす準備を進めていたかもしれない。

仁助の笑顔が心をよぎる。希望はへし折られて、彼方に消えた。

「まさか川に落ちて死ぬなんて。酔っていなければ、あんなことには……」

「あの、それ、本当のことなんですか」

おあきが顔をあげて、用吉を見た。

「本当に、川に落ちたんですか」

「え、それは……」

「そのことを確かめたくて、今日、来たんです。本当のことなんですか」

「ええと……御隠居」

用吉が視線を向けてきたので、大岡が補足した。

「見た者はおらぬ。ただ、話を聞くかぎり、そのように思えるな」

大岡は、奉行所で知った情報も交えて、それとわかるように説明した。

話が進むにつれて、おあきの顔は強張《こわば》っていった。

「そんな……そんなはずありません」

「気持ちはわかる。だが、あれだけ酔っていては泳いで助かることも……」

「違うんです。仁助さんは……泳げないんです」

「なんだって」

「だから船のないところでは、絶対に川に近づかないようにしていたんです。たとえ、お酒を飲んでも」

大岡は絶句した。廻船問屋の人夫が泳げないなんてことがあるのか……。

米輔も用吉も権蔵も同じように口を開けて、しばし、おあきを見ていた。

四

大岡が座敷で待っていると、茶の小袖に袖なし羽織というういでたちの男が姿を見せた。

髪は薄《うす》く、顔にも皺《しわ》があるが、目の輝きは強く、老いているという印象はない。恰幅《かっぷく》のよい身体には精気がみなぎっており、他人を押しのけてでも、商いを広げてやるという気迫に満ちている。見ているだけで気圧《けお》される。

遠州屋は新興の廻船問屋で、西国の産品を早く、しかも安く運ぶことで名が知られていた。江戸に進出したのは十年前、いまでは西国の品ならば遠州屋に聞け、と言われるまでになっている。

主の三左衛門《さんざえもん》は、手代のときに遠州屋の入り婿《むこ》となり、店を大きく発展させていった。迫力に満ちた風貌《ふうぼう》から、仕事仲間内では豪腕《ごうわん》と称されている。

以前、大岡がかかわった相模屋喜兵衛とは敵対関係にあり、吉原では互いに張りあって金をばらまいていたとも聞く。

か。

「まさか、御奉行さまがいらっしゃるとは。急なことに驚いています」

三左衛門は丁寧《ていねい》に頭をさげた。殊勝な言いまわしではあるが、どこまでが本音か。

「すまなかったな。忙しいところを」

「とんでもございません。して、御用とは……」

「ああ、そんなにかしこまらずともよい。今日、顔を出したのは、たまたまだ。近くに用事があっただけで、忍んでのことなので気楽に考えてもらいたい」

大岡は着流しの姿をこれ見よがしにみせたが、三左衛門の目は細いままだった。警戒されているとわかる。

たしかに、町奉行がなんの知らせもなくいきなり訪ねてくれば、不審感を覚えて当然だ。

じつのところ、大岡はそれを狙った。

警戒されているのであれば、端《はな》からきわどい話題も出せる。本音を返してくるとはかぎらないが、それはそれでかまわない。

「おぬしに訊ねたいのは、米価のことだ」

大岡は淡々《たんたん》と話をはじめた。

「ここのところ、さがり続けて、上さまも気にしておられてな。どのような仕組みになっているのか、あらためて聞いてみたいと思っていたのだ」

「手前は廻船問屋でして。米の商いにはくわしくありませぬが」

「なにを言うか。大坂《おおさか》に蔵まで持っているおぬしが、米価について知らぬはずはあるまい。堂島《どうじま》の商人ともかかわりが深いのであろう」

「それをご存じとは。そういうことでしたら」

三左衛門は、大岡の問いに答える形で、米価の動きについて説明した。

ここのところ、さがり続けているのは、去年が豊作だったこともあるがそれ以上に、全国で新田の開発が進み、収穫高が増えていることが大きいと語った。

全体が増えていれば、一部の地域が不作になっても十分に補《おぎな》うことができる。

商人は二年三年、先のことを考えて商いをしているので、豊作であれば、値がさがるのはやむをえないと語った。

「なるほどな。しかし、空米《くうまい》はどうだ。西国の大名は取れ高以上に米を売り、手元の金を増やしているように見える。あとで問題になるのではないか」

「こちらも気を配っております。手形があっても、現物が手に入らないのでは困りますから」

空米については、上方の商人と連絡を取っており、妙な動きがあれば、すぐに知らせる手筈《てはず》が整っていると語った。早飛脚《はやびきゃく》で、最新の知らせを受け取ることもあると、自信満々に説明する。

その後も大岡は、米の値の動きについて訊ねたが、三左衛門の答えは的確で、年貢の取り立て方や役人の入れ替わりまで細かく知っていた。

「いろいろと話を聞かせてくれて助かった。礼を言う」

「たいしたことはございませぬ。また、なにかありましたら、ぜひ」

「そうだな。また会うこともあろう。そのときはよろしく頼む」

さて、これからが本番だ。どう反応するか。

「つかぬことを訊くが、仁助という男を知っているか。この店で人夫をやっていたのだが」

「もちろんです。先日、川に落ちて亡くなりました。残念です」

三左衛門は顔を伏せた。ごくあたりまえの反応だ。

「その仁助だがな、なにか面倒に巻きこまれてはいなかったか。借金の取り立てとか、渡世人に絡まれたりとか」

「いえ、そのようなことは」

「なにかあったから、おぬしはあの者を辞めさせたのであろう。そのあたりは、どうなのだ」

「いえ、申しあげるほどのことではございませぬ。本当に些細《ささい》なことで」

「気になる。言ってくれ」

「本当にたいしたことではありませんよ」

そう言いながら、仁助が他人の荷物に手をつけた、と語った。

「櫃《ひつ》を運びだして、それを開けるつもりだったんですよ。信じていただけに驚きました。気がついて、私が叱りつけたからよかったものの、あのままだったら、どうなっていたか」

「それで、辞めさせたのか」

「はい。荷を盗むような者は置いておけませぬ」

三左衛門の頬は赤く染まっていた。

筋は通っている。仁助が人の荷に手をつけたのであれば、怒って辞めさせるのは当然であろう。おかしなところはない。

「なにかあったのですか」

「いや、人が死んでいるのでな。よい機会と思って、訊いてみたかっただけよ。

すまぬことをしたな」

大岡は手を振った。

三左衛門の眼光が鋭さを増す。疑念を持ったようだがかまわない。

今日はここまでだ。

大岡は一礼すると、すばやく立ちあがった。

五

「仁助さんが盗み？　そんなことするはずがありません」

おあきは大岡の話を聞いて、顔色を変えた。

「あの人は性根《しょうね》が優しくて、とてもいい人です。身体が大きいから、よく勘違いされるんですが、悪いことに手を出すようなことはありません」

「儂もそう思う。まっとうに生きていた。それはわかる」

一緒に食事をすれば、人柄《ひとがら》は理解できる。

どんなに取り繕《つくろ》っても、性根が汚い者は食べ方が汚くなるし、ずる賢い奴は箸の動きに嫌らしさが出る。

人の懐《ふところ》を狙うような奴は、その目線が常に揺れ続け、一緒に食べていて気分が悪くなる。本性は、なにをやっても隠せない。

その点、仁助はいつでも穏やかに、しかもうまそうに食べていた。米輔が料理を出すと、またたく間に食べ終わることもあり、一見すると汚い食べ方のように見えるのであるが、米のひと粒まで丁寧に拾いあげ、きちんと味わっていた。

そんな男が悪事を犯すとは考えられない。

気になって、大岡が芝三島町にある『やまのや』を訪ねたのは、あらためて、おあきに話を聞いてみたいと思ったからだ。

大岡の問いに、おあきは仁助との思い出を語ってくれた。

気丈《きじょう》に振る舞ってはいたが、ときおり震える声が気持ちを表していて、大岡は聞いていてつらかった。

「川に落ちて死んでしまうなんて、考えられません」

「だがあのときは、仁助も相当に酔っていた。気づかぬうちに近づいていたかもしれぬ」

「お酒を飲んだら怖いから、なおさら川に近づかないようにすると言っていました。水音を聞くのも嫌だったみたいで……」

「そうは言ってもな」

「仁助とは約束があったんです」

おあきがうつむいたとき、板場から背の高い男が出てきた。痩身で、縞の小袖がよく似合う。整った顔立ちは、女の目を惹きつけてやまぬであろう。

おあきの兄で、『やまのや』の主である怡与蔵《いよぞう》である。年は三十と聞いていたが、ずいぶんと若く見えた。

「すみません。仕度《したく》が遅くなりまして。とんだご無礼を」

「かまわんさ。儂は隠居の身。忙しいところに来たのは、こっちだ」

「ありがとうございます。それで、約束ですが……」

仁助が『やまのや』に通うようになったのは半年前のことであるが、そのころ、店の状態はよくなかったと怡与蔵は語った。

「もともと前の店で大喧嘩して飛びだしたのが、ここをはじめた理由でして。向こうも悪かったが、こちらも堪《こら》え性《しょう》がなかった。大見得《おおみえ》を切って、無理にはじめたわけですが、そんなのでうまくいくはずがないですよね。たちまち、行き詰まっちまったんですよ」

店を出すのに借金を重ねたこともあり、生活はたちまち苦しくなった。たまたま金を借りた相手が怡与蔵の同郷ということもあり、かなり助けてくれたが、一年もするといよいよ立ち行かなくなった。

「これは夜逃げするしかないってときに、こいつが仁助と知りあいましてね、店に連れてくるようになったんですよ。最初は、妹に手を出したふてぇ奴と思って睨みつけていたんですが……」

「兄さん」

「ですが、あの食いっぷりのよさから、すぐに打ち解けましてね。来るのを楽しみにしていましたよ。本当に、うまい、うまいって食べてくれるから」

怡与蔵は名のある料理屋で修業し、腕前はよかったものの、庶民の店で出すにしては、見映《みば》えも味付けもいささか上品だった。

そのため、町の客には敬遠され、客足が遠のいていたのだ。

仁助がその点を指摘し、味付けや品書きをあらためると、たちまち客が増えはじめた。

「ようやく落ち着いて、借金も返せるようになったとき、仁助が言ったんですよ。この店の顔になる料理を食べてみてえって。言われてみて、これが自慢の一品だって言える作品がないことに気づいたんです。それで、作ってみてできたら、いのいちに食べてくれよって言ったら、わかったたって答えてくれて」

「それが約束か」

「はい。それから毎晩、寝る間も惜しんで試しました。何度もやり直してね。それがようやく形になって、食べてほしいと思ったときに、あんなことになっちまって……もう、悔しくてなりませんよ」

気持ちはわかる気がした。

先のある者が早くに亡くなると、哀しさよりも悔しさが先に立つ。

「せっかくの機会だ。代わりというわけではないが、その料理をいただけるか」

「そのつもりでした。お願いします」

怡与蔵とおあきはそろって、板場に向かった。戻ってきたときには、茶碗を手にしていた。

「ほたる飯《めし》です。煮た黒豆《くろまめ》を、飯の上にまぶしています」

「なるほど、黒豆が蛍《ほたる》というわけか」

黒豆は、わざわざ皮を半分にむいている。煮ている最中に、うまく豆が割れたこともあり、まさに羽を広げているように見える。

「これからの季節にはよいな」

大岡は箸をつけた。

じつにうまい。

米に仕事がしてあり、わずかに感じる塩味がなんとも心地よい。

煎茶《せんちゃ》をかけて、茶漬けのようにしているところも、塩っ気を引きだし、味に深みを与えている。黒豆の歯応《はごた》えが、巧みに食欲をあおった。

怡与蔵が、香の物を用意してくれたのもありがたかった。

たちまち大岡は、ほたる飯を食べきった。

「うまかったぞ。これはいい。急いで食べたい職人に好まれるであろう」

「そう思います。だから塩加減も濃いめにしています」

「そうだろう。気配りがよく伝わってきた」

大岡は空になった茶碗を見た。

「これを食べないまま逝ってしまうとはな。残念だ」

「そう思います。最初に食べてほしかったと、いまでも思っています」

怡与蔵の言葉が重く響き、おあきはふたたび泣きはじめた。

いちばんの楽しみを叶えられぬまま、仁助は散った。無念であっただろう。

「この約束があって、あの出来事か」

どうにも気になる。

泳げない仁助が、酔っていて川に近づくだろうか。

彼には未来があったのに。

ましてや、怡与蔵との約束があったのに……。

そこで大岡は、仁助が最後に語った言葉を思いだした。

たしか、間違っていたから確かめただけ、と言った
いまにして思えば、引っ掛かる。なにかある。

「そういえば、最後に来たとき、あいつ、妙なことを言っていたな」

怡与蔵が首をひねったので、大岡は気になって訊ねた。

「なんだ、それは」

「それがですね……」

彼が語ったのは、意外な話だった。

六

その日、八十吉は、目つきの悪い同心が店に飛びこんできたのを見て、思わず唸《うな》った。

驚いた。まさかとは思っていたが、本当に来たよ……。

噂を流してからわずか五日で、知っている者は数えるほどなのに、上野にあるこの店までわざわざ足を運んできた。そこまで、大黒屋の動向を気にかけているとは。じつにおもしろい。

同心は八十吉を見ると、大股《おおまた》で歩み寄ってきた。

「店主はおぬしか」

「さようで。八十吉と申します」

「では、八十吉、聞かせてもらおう。どういう魂胆《こんたん》があって、大黒屋が賄《まいない》を流しているなどという噂を流している。事の次第によっては容赦せぬぞ」

いきなり本題に入るのも、聞いていたとおりだ。

まったく、あの人は、どこまで見抜いているのだか。ただ者ではないと思っていたが、ここまでとは。

八十吉は同心を見て、話を切りだした。

「とんでもねえ。あっしは大黒屋が賄を出しているなんて、言っておりませんよ。こう見えても、大黒屋の旦那さまやお嬢さまには、ものすごく世話になっているんですから。損《そん》になることなんて、口にはしませんよ」

「噂は違う」

「いや、じつはですね……」

八十吉は、大黒屋の評判を落とすため、商売敵がつまらない噂を流していると語った。その店は老舗《しにせ》の料理茶屋で、とろろ汁《じる》がうまいことで評判だったが、店主が替わってからは金儲けに精を出して、料理の質が落ちており、客足がかなり落ちていた。今年になると、仕入れ先も変えており、よくない評判もささやかれるようになった。

反省して立て直せばよかったのであるが、その店は、客が来なくなったのは他人のせいと考え、よその悪評を流すことに力をそそいだ。

そのとき、大黒屋が標的となった。武家に賄賂《わいろ》を渡していると噂を流され、商いにも影響が出た。

巧みだったのは、料理屋だけに広がるやりかたをしたことで、普通の町民にはあまり知られることはなかった。

「その話、本当だろうな」

同心の表情は硬かった。

「嘘だったら、ただじゃおかねえぞ」

「もちろんです。確かめてもらってもよいですよ」

「また来る」

同心が背を向けたところで、八十吉は声をかけた。

「あ、いや、ちょっと待ってくださいよ、土橋さま」

土橋は足を止めて、ゆっくり振り返った。

「……俺はいま、名乗ったか」

「いいえ。ですが、土橋孫助さまに間違いありませんよね」

「ああ、そうだ」

「やっぱり、聞かされていたとおりだ」

「なんのことだ」

「いえね、大黒屋に関する噂を流したら、すぐに土橋という同心が駆けこんでくるって言われていたんですよ。そうしたら事の次第を話してやれ、頭のいい奴だから、すぐに納得するだろうと」

土橋はそこで顔をしかめた。それも、その人物の話にあった。すごい。

「それだけか」

「いえ、大黒屋の件は、こちらで手を打っておく。噂の出所には、つまらない武家とのかかわりもありそうだから、気にせず逢瀬《おうせ》を楽しむがよいと」

「なんだと」

「どうぞ」

八十吉が店の奥に目をやると、すらりとした娘が姿を見せた。

黒の留《と》め袖《そで》に、丸帯《まるおび》という格好だが、高く結った髪といい、入念に施《ほどこ》された化粧といい、少しでも自分をよく見せたいという気持ちが伝わってくる。

歩く姿には、強い色気が漂っており、それは、目の前の男に向ける気持ちを明快に示している。

「……おみよ」

「来てしまいました。ここのところ逢えなかったので」

「忙しくして、話す機会もなかったそうですね」

八十吉自身、およみのことは大黒屋に勤めていたからもちろん知っていたが、まさか南町の同心と付き合っているとは思いもしなかった。

「御隠居から伝言です。おぬしが張りきって仕事をしてくれるのはありがたいが、もう少し身近な者に気を遣《つか》え。寂しがっているのがわからないのか。今日は、せいぜい遊んでいくがいい。この朴念仁《ぼくねんじん》が……とのことです」

土橋は顔をゆがめた。怒っているのか、照れているのか。

「これを仕組んだのは、奥田という御仁か」

「さようで。もっとも、お願いしたのは手前ですがね」

八十吉は、世話になった大黒屋に、いまだ恩を返せずにいることを気にしていた。

店を出すときにはぽんと十両を出してもらったし、その後、馴染みがつかなくてつらいときにも、客を紹介してもらった。料理に悩んでいるときには、およみが大黒屋の料理人を連れてきてくれて、なにかと世話してくれた。

一方的に助けられてばかりだったので、八十吉はなにかできることはないかと、ずっと考えていた。

先日、たまたま奥田に洩《も》らすと、今回の策を授《さず》けてくれた。バチンバチンと指を二度、鳴らしたあとで。

やられっぱなしではかなわぬからな、という言葉は気になったが、おもしろい話だったので、八十吉は乗ることにした。

おみよのことはよく知っている。つい先日までは徳右衛門に代わって、大黒屋を支えていた。親孝行で、気配りの達人だ。

そんな娘だから、少しでも幸せになってほしい。手助けができると聞いて、八十吉は素直に喜んだ。

「さて、どうしますか。このあたりはお水茶屋も多いですから、いくらでもふたりで楽しんでいけますぜ」

ふたりの顔は、同時に赤くなった。

まったく、いい年なのに、なにを照れているのか。

「なら、その前にここで食べていきますか。精のつくものを差しあげますぜ」

土橋とおみよは顔を見あわせていたが、やがて小上がりにあがった。頼む、と目で訴えている。

ありがたい。おみよとその思い人に料理を振る舞えるとは。

準備はすでにできている。御隠居にも味見をしてもらって、お墨付きを得ている。

八十吉は、軽い足取りで板場に向かった。

七

あの日、店に赴《おもむ》いた大岡に対し、怡与蔵は仁助が店の荷に不審《ふしん》を抱《いだ》いていたと語った。

炭のはずが異様に軽かったり、逆に、小間物を詰めたはずの小櫃がふたりでも持ちあがらないほど重かったり、と……。

仁助が蔵の荷物を片付けていると、いきなり番頭が駆け寄ってきて、叱りつけられたこともあったという。

長く勤めていた仁助が違和感を覚えていたのだとしたら、裏になにかあってもおかしくはない。

そもそも、仁助が辞めさせられた点にも気になることが多い。

たしかに盗みを働こうとしたならば、三左衛門に店を追いだされても不思議ではないが、その盗みは事実だったのだろうか。

引っ掛かることは、いくらでもある。それは間違いないが……。

それで、仁助の死因が変わるものでもない。

あらためて土橋から話を聞いたが、事故を疑う所見《しょけん》はなかった。

溺れて死んだことは、たしかだった。

気にするのはおかしいのかもしれぬ。ただ……。

大岡の脳裏《のうり》に、仁助の笑顔がよぎったその瞬間、太い声が響いた。

「これ、越前、なにを考えておる」

意識を引き戻されて、大岡はあわてて頭をさげた。

吉宗に呼びだされて、御座敷に来ていたことを忘れていた。つい、物思いに耽《ふけ》ってしまった。

「も、申しわけありませぬ、上さま」

「いったい、どうした。先刻から声をかけているのに、ぼんやりしおって。いっそ、この筆を投げつけてやろうかと思ったぞ」

「失礼いたしました。先を続けてくだされ」

「そうしたいのはやまやまだがな」

吉宗は、こめかみを掻いた。

「いまのおぬしは使い物にならぬ。話をしても、また考えを飛ばす」

「そ、そのようなことは決して……」

「言いわけをするな。いいから、まず、おぬしがいま、なにを考えているのかを言ってみよ。そこをすっきりさせねば、先に行けぬ」

「たいしたことではありませぬので……」

「それは、儂が決める。さっさと言え」

迷った末に、大岡は仁助の話をした。嘘をついてもはじまらないし、こうなってしまっては、吉宗の性格上、すべてを語るよりない。

事件の顚末《てんまつ》からはじまって、現在、判明している事実、おあきと仁助の関係、三左衛門や怡与蔵の人柄、さらには、仁助がこだわっていた料理についてまで包み隠さずに話した。

ただ一点、大岡が食べ歩きをしているということは言えなかったので、そこらあたりは適当に話をぼかした。

吉宗は黙って話を聞いていた。口を開いたのは、十分に時が経ってからだ。

「なるほどなあ、それはおもしろい」

「申しわけありませぬ。下々《しもじも》のことを」

「よい。世情を知るのはためになる」

吉宗はあぐらを掻いて、脇息《きょうそく》に肘《ひじ》をついた。

「それでおぬしは、仁助が単に溺れて死んだのではないと考えているわけか」

「さようで」

仁助は仕事を失っても、先があった。おあきとの付き合いは深く、それをあっさり捨てるとは思えない。

泳ぎが苦手で、仕事以外で堀に近づこうとしなかったのはあきらかで、酔っていたとはいえ、たやすく川に落ちるとは考えにくい。

「霊巌島というのも、気になるな」

「まことに。店がある新肴町から霊巌島は遠く、酔った足で歩きつくのは難しいでしょう。もし堀や川に落ちるのであれば、その前だったはず」

「儂もそう思う。話は鵜《う》呑《の》みにできぬ」

吉宗は小さく唸ってから、大岡を見た。

「おぬしは、なにが仁助の運命を変えたと思うか」

「それは……遠州屋を辞めさせられたことでしょう。荷を盗んだという理由をつけられて」

「そう。そこだ。なぜ、荷を盗んだと思われたのか。仁助はなにをした」

「それは……」

そこで大岡は息を呑んだ。引っ掛かっていたのは、そこか。

吉宗は笑った。

「なら、するべきことはあきらかだな。ほら、調べをはじめよ。おぬしの得意技でな」

「ですが……」

「すべてがわかっていれば、調べる必要などない。事があやふやだからこそ、みずから動いて、なにがあったかを確かめる。そういうことであろう」

吉宗の正論を、大岡は無言で聞いていた。まさか単なる町の者の話に、ここまで踏みこんでくるとは。

なんとも不思議である。

そもそも、徳川吉宗という人物は、なにを考えているのかわからぬところがあった。

奇縁で第八代徳川将軍の地位に就くや、倹約を押しすすめる一方で、新田開発や年貢増強の策を取り、破綻《はたん》寸前だった幕府を立て直すきっかけを作った。

町奉行所の改革もおこない、大岡もそれにあわせるような形で抜擢《ばってき》された。思いつきで命令を下《くだ》し、うまくいかないと、さんざんに罵《ののし》る。目安箱に入った意見をわざわざ大岡に聞かせて、これはなんとかならぬかと問い、いますぐには無理ですと応じると、子どものように拗《す》ねる。

武家の生活をよくしようとする一方で、気まぐれなのか、町の者の生活改善に手を尽くすこともある。

仕事ひと筋かと思えば、暇《ひま》を見つけては鷹狩《たかが》りと称し、江戸城を飛びだす。

真意がわからず、大岡はさんざんに苦労させられた。

辞めようと思ったことも一度や二度ではない。

しかし、不思議と吉宗を恨《うら》む気持ちはなかった。

こんちくしょう、と心の中で罵りながらも、諮問《しもん》されると知恵を振り絞《しぼ》ってなんとか答えを出した。

町奉行に任じられてから、まもなく十年……。

いまだ縁《えん》は切れず、思いのほか長く一緒に仕事をすることになった。不思議なものである。

「おぬしの存念はどこにある。民が無念の最期を遂げたかもしれぬのに、それを放っておくのか。見て見ぬふりをして、明日を生きていくのか」

「見過ごすつもりはございません」

仁助の死によこしまな欲望が絡んでいるのならば、真相をあきらかにする。下手人は逃がさない。

それは、町奉行としてというよりも、仁助と縁があった知己《ちき》として手をつけねばならぬ仕事でもあった。

「だったら調べよ。すぐにやれ」

「ははっ」

「こちらの話は、そのあとにしよう。おぬしが使い物にならないままでは困るからな」

そこで、音が響いた。大きく二度。

吉宗が指を鳴らしたと気づくまでには、時間がかかった。

驚く大岡の前で、吉宗は笑って手を振った。

それは、大岡を自由にするという合図であった。

八

翌日から大岡は、仁助の死について調べを進めた。

すべては、三左衛門が仁助を辞めさせたところからはじまっている。

荷を盗もうとしたと語っていたが、仁助の性格からして、それは考えにくい。

まずは、事の次第をあきらかにすることが大事だった。

土橋も、仁助の件は協力すると語った。

「あいつのことは気になっていました。気持ちのいい奴でしたからね」

遠州屋が縄張りだったこともあり、土橋は仁助と何度か話をしたことがあったようだ。同心に話しかけられると、たいてい警戒するのだが、仁助は気にせず、笑って受け答えしたらしい。

逆に、向こうから声をかけられたこともあり、土橋は驚いたとも言った。

「あそこまで裏表がないと、気持ちがよいですな。あいつとは同心であることを忘れて、話ができましたよ」

「そうか」

「それより、この間の一件はなんですか」

「なんのことだ」

「おみよが話をしたようですね。会えないからなんとかならないか、と言ってきたようで。おかげで、こちらは大変でしたよ」

「知らんな」

「過ぎたるは及ばざるがごとしと申します。やりすぎはよくないのです」

「知ったことか」

大岡は笑った。ここのところ土橋が生意気になっていたので、一発かましてやっただけだ。ざまをみろと言いたい。

土橋は顔をしかめて、とことんまで調べますと語った。

彼が報告を持ってきたのは、それから半月が過ぎてのことだった。

「おかしいですね。あの遠州屋。やはり、なにか裏がありますぜ」

『みきや』の小上がりで、土橋は話を切りだした。

「どういうことだ」

「金まわりがよすぎるのですよ。本業以外にも、小間物やら船宿《ふなやど》やら手を出しているのに、まだゆとりがあるっていうんですから。この間は、洲崎《すざき》で派手《はで》に遊んだってことですしね。あの越後屋《えちごや》ならばともかく、遠州屋の身代《しんだい》で、そこまで豪遊できるっていうのは引っ掛かりますね」

「隠れた金の流れがあるということか」

「そうですね」

大岡は答えず、蕎麦をすすった。それは、米輔が手すさびに作った品で、店で出すのははじめてとのことだった。

蕎麦粉は、大岡もよく訪れる屋台で分けてもらい、打ち方もそのときに教えてもらったらしい。

はじめてにしては味は調っているが、舌触りはいまひとつで、練りこみが足りていないように思われる。まだまだ手ぬるい。

「それがなんであるかまでは、わからないんですが」

土橋は遠州屋の裏事情を探っていたが、店の者の口が堅く、いまだ真相にたどり着けずにいた。ここまで彼が苦戦するのは、はじめてのことだった。

「さて、なにがあるのか」

「普通に考えれば、抜荷《ぬけに》でしょうな。廻船問屋ですから、そのあたりはお手のものでしょう」

「儂もそう思う」

「どうして、そのように……」

「調書にあった」

三年前、木場《きば》の材木問屋《ざいもくどんや》が抜荷で捕らえられた際、三左衛門の名前をあげていた。

自分より派手にやっている遠州屋が、なぜ取り調べを受けないのかと、さんざんに罵っていた。結局、それは三左衛門の財力でうやむやになったのだが、調書には残っており、大岡はそれを覚えていた。

神田の両替屋澤口屋《さわぐちや》が金の貸し借りで諍《いさか》いを起こしたときにも、遠州屋の名前はあがっていた。直にかかわったわけではないが、よく調書を読むと、裏で糸を引いている気配が見てとれた。

大岡は、三左衛門の精力的な顔を思い浮かべた。

あの人物なら、やりかねない。

「腹が黒いのはよいが、黒すぎるのはうまくない」

「さようで」

「あやつの狙いは、どこにあると思う」

「そのあたりは、こちらで調べました」

三左衛門は武家との交流を深めており、名のある大名の用人《ようにん》や留守居役《るすいやく》に声をかけ、料理茶屋で会合を開いていたとのことだった。

ひと月に少なくとも二回、多いときには五回にも達し、三日連続で三左衛門が出かけた日もあった。

土橋は顔役だけでなく、武家とのつながりも生かして、くわしい情報を調べあげていた。

「おぬしのつながりは広いな」

「たいしたことはありませんよ。せいぜい千人といったところで。御奉行さまの頭には負けますぜ」

「よく言うわ」

土橋は、会合にはよく大黒屋が使われているとも語った。

「おかげで、内情がよくわかりましたよ」

「ひどい話だ」

例の件以来、土橋はおよみと頻繁《ひんぱん》に顔を合わせているようだ。

まさか密談をおこなっている店の女将《おかみ》が、同心と惚れあっているとは思ってもいないだろう。そんな場で話しあえば、内容が漏れるのは当然である。

「おみよには、客を裏切らせているようで心苦しいが、向こうの動きがつかめるのは助かるな」

「じつは調べを進めていたら、そこの家の連中にちょっかいを出されましてね。よけいなことをするな、下手に手を出すと奉行にも迷惑がかかるぞ、と言われました」

「儂のほうに話はなかったがな。来るとすれば、これからか」

調べを進めれば、反発も出よう。それは想定済みだ。

同心に文句をつけてきたというのは、嫌がっていることの証しであり、調べは相手の痛いところを突いていると見るべきだ。

「この先、どうします」

「調べを進めてくれ」

大岡は言いきった。

「無理をせずともよい。動きまわっていれば、相手は気にする。それを見て、こちらも動く。多少、面倒なことにはなるだろうが、おぬしならなんとかなろう」

「言ってくれますな。それで、御奉行さまは」

「そうだな。切り崩《くず》しをはかってみるか。まずは遠州屋かな」

「守りは堅いですぜ」

「それでも崩すことはできるさ」

大岡が話をすると、土橋は驚き、そして笑った。

「……なるほど、その手がありましたか。御奉行さまらしいですね」

「そうだろう」

「それも調書に書いてあったので」

「違う。『みきや』で教えてもらった。米輔がくわしくてな」

思いのほか、米輔は遠州屋とその周辺の情報をつかんでいた。大事な話をしてくれたのは、ひさしぶりに鶏飯《とりめし》を作ってもらったときだった。

正直、くわしすぎるようにも思える。いったい、どこから話を仕入れてくるのか。

「さて、どこへ連れていくか……」

まずは、そこからだ。

九

大岡が京橋の南詰に姿を見せると、紺の絣《かすり》を身にまとった男が顔を向けてきた。聞いていたとおり、背は小さく、小肥《こぶと》りだった。着こなしがいまひとつで、ひどく不格好に見える。

事前にわかっていたので気にすることなく、大岡は歩み寄った。

「おぬしか、太郎兵衛《たろべえ》というのは」

「そうだ。遠州屋で手代《てだい》を務めている」

太郎兵衛は、これまたひどく濁《にご》った声で応じた。

「もうすぐ番頭になるのだったな。三十前で、すごいじゃないか」

大岡がわざとらしく褒めると、太郎兵衛は顔をしかめた。

「もっと早くてもよかったぐらいだ。俺ができすぎるから、よけいな邪魔が入ったんだよ」

「そうか。それは大変だったな」

「それより、うまいこけら寿司を食わせてくれるって話は、本当だろうな。嘘をついたら、武家だろうが許さねえからな」

「それは大丈夫だ。まかせてくれ」

「言っておくが、俺の舌は肥えているぜ。八百善にも大黒屋にも入ったことがあるんだ。つまらない物を食わせやがったら、馬鹿が嗅ぎまわっていることを旦那さまに教えてやるからな」

とにかく面倒くさい男と米輔は言っていたが、正しかったようだ。

「けっこうだ。さあ、ついてきてくれ」

大岡は、太郎兵衛の先に立って東海道を南に向かった。尾張町一丁目の角を左に曲がると、三原橋《みはらばし》を渡って、木挽町に入る。

初夏の陽は大きく傾いており、家の影が川沿いの道を黒く染める。人通りは少なく、町は静寂に包まれていた。

大岡は、大店に寄り添うようにして建つ一膳飯屋に、太郎兵衛を連れこんだ。

「ここだよ。どうする。香の物でも食べるか」

「いらねえよ。さっさとはじめてくれ」

小上がりに座ると、太郎兵衛は左右を見まわした。不満げなのは、あてが外《はず》れたからだろう。

太郎兵衛は遠州屋の手代を長く務めていたが、本人が思っているほどには仕事はできず、同僚や三左衛門の評価は低かった。

あとから入ってきた者が仕入れにかかわっているのに、外まわり、しかも掛け金の回収仕事ばかりを押しつけられているとも聞いた。

自意識が高い太郎兵衛にはそれが不満なようで、外で飲んでは、さんざんに店の悪態をついていた。同僚や番頭はもちろん、三左衛門やその家族についても文句を並べており、酒屋でももてあましているという。

だが、食べ歩きが好きというのは本当のことで、そこそこよい店に顔を出しているのも事実だ。といっても、態度がひどく悪いので、すぐに店主や客と喧嘩になり、出入り禁止になった店も多い。

その話を米輔から聞いて、大岡は太郎左衛門を誘うことに決めた。

相手は、自分の舌に自信を持っている。

ならば、食い物で切り崩せばいい。

鬱屈《うっくつ》している食いしん坊に、うまい物を与えれば、どのような反応をするか。

それは、大岡自身がいちばんよく知っていた。

「お待ちどおさまでした」

小皿に乗せられていたのは、できあがったばかりの押《お》し寿司《ずし》だった。

具は鯛、鮑《あわび》、いんげん、木《き》の芽《め》。鮑は殻から外して腸《わた》を取って洗ったものを鍋に入れ、酒と醬油《しょうゆ》で味付けしている。鯛は薄く切って塩に漬け、四半刻も冷やし、いんげんは筋を取って、青茹《あおゆ》でにしてから薄く切る。

寿司飯は蒸らしを短めにして、酢をたっぷりとかける。

そのうえで、押し枠《わく》に米を入れてならし、その上に鯛、鮑、いんげん、木の芽を散らして、さらに寿司飯を乗せ、平らにする。

竹の皮を巻いて押すのは、その直後だ。

三度、押し枠をまわして、うまく具が散らばるように仕向ける。

これがこけら寿司で、発祥は南国《なんごく》とのことだった。上方で多少、手は加わっているようだが、大きな変化はない。

具の味付け、酢飯の炊き方、寿司の押し加減。

そのすべてがそろっていないと、無惨な料理になってしまう。

まさに料理人の手腕が問われる逸品だが、この料理人ならば大丈夫だ。

「どうぞ、ごゆっくり」

頭をさげたのは、太助だった。

今回、太郎兵衛を引っ掛けるにあたって、大岡は当初『みきや』を使うつもりだったが、太郎左衛門はすでに訪れていて、米輔の顔も知っていた。

どうするか迷っていたときに、声をあげたのが彼だった。

彼は現在、銀次と新しい店を作るための準備を進めていて忙しいはずであったが、大岡が悩んでいることを知ると、みずから協力を申し出てくれた。

「御隠居には、世話になりましたから」

わざわざ今日のために、太助は知りあいの店を借り、具材もみずから選んで、準備を整えてくれた。その心意気が、大岡には嬉しかった。

太郎兵衛は、しばらくこけら寿司を見ていたが、おさえきれなくなって、箸で大きく切り取り、口に放りこんだ。

その表情がたちまち変わる。喜色がおさえきれない。

たちまち一本を食べ終え、二本目に手をつける。

大岡もあわてて手をつけた。

探索に気を取られすぎて、食べ物のことを忘れるとは……。

なんたる不覚。

こけら寿司を口に入れると、鯛と鮑の濃厚な味が重なりあった絶妙なうまみが、口いっぱいに広がった。

いんげんの持つ、ほんのかすかな青臭さが、酢飯と重なって、さらに味わいを広げてくれる。

押し加減も完璧だ。歯応えがたまらない。

大岡は役目を忘れて、ひたすら食べた。三本は、たちまち腹に消えた。

「うまい。もっとないのか」

太郎兵衛が声をかけると、太助が出てきて頭をさげた。

「すみません。今日はそれだけしか用意していなくて」

「なんだ。気が利かないな」

「ですが、鯛がまだありますので、吸い物にして出そうと思います。行徳《ぎょうとく》でいい塩を手に入れましてね。塩っ気だけでなく、絶妙な甘味があります」

うむ……いかにもうまそうだ。

大岡は我を忘れて注文を出そうとしたが、それよりも早く、太郎兵衛が口を開いていた。

「やってくれ。頼む」

「では」

太助は頭をさげて、板場に戻った。

そのとき、合図をしてくれたおかげで、大岡は自分がなにをしにきたのか思いだした。危ないところだった。

「酒も用意してあるぞ。伏見《ふしみ》の逸品だ」

「それはありがてえな」

「今日は長くなる。おもしろい話を聞かせてくれると、ありがたいな」

「ああ、いくらでも話してやる。こんな、うまい料理、はじめて食べた」

策は見事にはまり、太郎兵衛の機嫌は抜群によくなった。やはり、食い物がよいと人の心は軽くなる。

あとは、遠州屋の内情を聞きだすだけだが、それも難しくはないだろう。

気を引き締めたところで、吸い物の芳《かんば》しい香りがして、意識はそちらに引っ張られた。

これは、なんともうまそうだ。

果たして、このまま理性を保《たも》つことができるのか……。

自信はないが、やるしかない。

十

差し障《さわ》りのない話をしているだけなのに、大岡は緊張を感じていた。

相手が大名の用人ともなれば、太郎兵衛と話をしたときのようにはいかない。

服装からして、あのときのような着流しではなく、紋付袴《もんつきはかま》を身につけている。羽織を綿の黒にしたのは、倹約令を意識してのことで、吉宗の意志を反映しているということを感じさせるためだった。

「いや、さすがは大岡さま。このような料理でもてなしてくださるとは。感服《かんぷく》いたしました」

頭をさげたのは、白髪が目立つ武家だった。痩せていて、顔の肉もそげ落ちている。病気を疑うほどの顔色だ。

声はしっかりしていたし、問いかけも悪くないが、気になるところだ。

「これほどうまい物を食べたのは、はじめてです。ありがたき幸せ」

「小笠原《おがさわら》殿に喜んでいただき、こちらも嬉しく思います」

大岡と話をしていたのは、肥前唐津《からつ》を治める土井《どい》家の家臣で、小笠原玄蕃《げんば》という人物だった。

五年前から江戸で御納戸方《おなんどがた》を務めており、江戸屋敷の資金繰りに深くかかわっている。ときには留守居役に代わって、商人と交渉することもあり、まさに、土井家の屋台骨《やたいぼね》と言ってよい。

大岡がこの重臣と会うことができたのは、太郎兵衛が漏らした発言に食いついた結果だった。

あの日、彼はうまい料理に舌鼓《したつづみ》を打ち、伏見の名酒をあてがわれて、とても気分がよくなっていた。おかげで、ほんの少し話を振っただけで、遠州屋の内情を聞かれていないことまで語ってくれ、ようやく大岡は、店の裏事情を垣間《かいま》見ることができた。

三左衛門は、驚くほど巧妙に武家に食いついており、それをうまく使って利益をあげていた。

そのとき、太郎兵衛があげた武家の名に、唐津土井家があった。

探索を進めていた土橋を邪魔してきたのも、この肥前の大名家である。

唐津六万石の当主、土井利実《としざね》は、学問を重んじる名君として知られていたが、一方で政策の違いから家中に大きな対立を引き起こしていた。

去年、上野で家臣同士が大喧嘩をし、その際に大岡は事を大きくせぬよう手を尽くしたほどだ。

その対立をうまく利用して、三左衛門は土井家に深く食いこんだようだ。

仁助の件は、その土井家の問題と深いかかわりがあった。

大岡は土橋の伝手《つて》を使って、小笠原と会う機会を作った。

ただ正面から話をしても、真相を語ってくれるとは思えず、切り崩すには工夫が必要であると考えていた。

大岡は、今回もそれを料理と決めた。

もちろん、小笠原が食い道楽という情報があってのことだったが、じつのところ、大岡自身の好みと言えなくもない。

「とくに、この素麵大根《そうめんだいこん》なる一品、すばらしい」

小笠原は、大根の浮かぶ皿を見つめた。

「まさか、大根を素麵のようにすることができるとは、考えてもみませんでした。大根の素材を生かしながら、醬油と削り節《けずぶし》を使った絶妙なつけ汁で、十分な味わいを作る。なんとも言えませんな」

大根素麵は、大根を薄くむいて細かく切ったものに、小笠原が説明した汁につけて食べる。

肝《きも》は、大根の切り方であり、わずかでも厚くしてしまうと、硬さが表に出てきて舌触りが悪くなってしまう。かといって薄く切りすぎると、箸で掻きまわしたときに崩れてしまい、麺としての形を成さない。

庖丁さばきが問われる料理であり、並の技量では作りあげることはできない。

今回は、米輔に助けてもらって、ようやく完成できた。

小笠原をもてなしたのは大黒屋であったが、特別に米輔に板場に入ってもらい、この大根素麺を作ってもらったのである。

時季外れの大根を手に入れるためにも、手を貸してもらっており、彼がいなければ、うまくいかなかっただろう。

「喜んでもらえて、嬉しいですな」

大岡は笑った。

当然ながら、彼もまた米輔の傑作を味わうことができた。話には聞いていたが、実際に食べたことはなかった。

役得《やくとく》とはいえ、ありがたい話だ。

「これで疲れが癒やされるとよいのですが……土井家六万石を支えていくのは、

さぞや気苦労も多いことかと」

「そのとおりで。なかなか思うようにはいきません」

「米の値もさがり続けており大変でしょう。上さまも気にしておりますが、こちらの都合どおりにはいきません。手前も無理難題を言われて困っています」

「お互い、大変ですな」

小笠原が機嫌よく笑ったのを見て、大岡は声をわずかに低めた。

「そういえば、遠州屋とはどのような付き合いですかな。ここのところ、頻繁に顔を合わせているようでございますが」

小笠原の頰がわずかに震えた。

気をつけていなければ、見逃してしまうほどの小ささであったが、間違いなく心の揺れが表に出ていた。

「いえ、たいしたことでは」

「すみませぬ。付き合うのはよいのです。ただ、遠州屋については、ちょっと引っ掛かることもございまして」

「どのようなことかな」

「空米のことです」

小笠原の表情は変わらなかった。だが、それは無理やりに作った顔で、不自然さが目立った。

「上方の商人と手を組んで、わざと米が多く市中に出まわるように仕向けているらしいのです。空手形を出すのは、どの商人でもやっていることなので、多少は目をつぶりますが、年貢の二倍から三倍もの空米が出ては無視できませぬ。なにせ、現物にできないのですからね。露見《ろけん》すれば大騒ぎになりましょう」

「………」

「遠州屋は、その不正に手を貸したばかりか、うまくいかずに武家が追いこまれた際に金と米を貸し、取り付け騒ぎが起きぬように手を尽くした。手際のよさから見て、端《はな》からそれが狙いだったのでしょう。武家に貸しを作り、懐に入りこむことができますから」

小笠原は大岡を見た。ゆがんだ表情に、葛藤《かっとう》の深さが見てとれる。

「遠州屋の悪事については、すでに調べがついております。土井家の名を借りて抜荷をおこなっているようで。大半は唐物《からもの》ですな。水墨画《すいぼくが》や茶器、羅紗《らしゃ》を使った小間物が多いようですが、それ以外にもあるとのこと。この間は、三左衛門から直に頼まれて、薬の商いにもかかわったと聞いています。人を助けるのではなく、その命を……」

「そこまでにしてくだされ、大岡さま。口にするのはなにとぞ……」

小笠原は、両手をついて頭をさげた。

「殿はいっさい知りませぬ。遠州屋に唆《そそのか》されたのは手前でございますから、罪を問うのであれば……」

「小笠原さま、落ち着いてくだされ。事を荒立てるつもりはございませぬ」

大岡はにじって小笠原に近づき、低い声で語った。

「土井の家を潰《つぶ》すつもりも、利実さまの罪を問うつもりもございませぬ。ただ、なにがあったのかをあきらかにし、遠州屋の悪事を白日《はくじつ》のもとにさらしたいだけなのです。なにせ、人がひとり死んでおりますので」

小笠原が顔をあげると、大岡はうなずいた。

「縁があって知りあった男です。気持ちがよく、一緒に食事をするのが楽しい男でした。その死に、三左衛門が絡んでいるのであれば、見過ごすことはできませぬ。せめて無念は晴らしたい」

そこで、大岡は一度話を切り、店の者に声をかけた。

しばらくすると、おみよが茶碗をふたつと鉄瓶《てつびん》をひとつ持ってきて、小笠原の前に並べた。どちらも蓋《ふた》がかぶせてあり、中味は見えない。

「これは」

「開けてみてください」

小笠原が蓋を取ると、黒豆をまぶした茶漬けが視界に飛びこんできた。

「ほたる飯と言います。死んだ男が楽しみにしていた品です」

「そうか」

「召しあがってください」

うながされるままに、小笠原は茶漬けを口に入れて、ゆっくりと嚙みしめる。

「うまいな。よい塩加減で、黒豆の味を引き立てている」

「では、もうひとつのほうも」

蓋を取った茶碗には、同じくほたる飯が入っていた。小笠原は首をひねりながら、箸をつける。たちまち表情が変わった。

「これは、ひどいな。しょっぱすぎる」

「塩が強すぎるのです。と申しましても失敗ではなく、黒豆のよさをさらに引きだそうとして、無理をしたのです。板前は、できるだけのことはしました。ですが……」

大岡は鉄瓶を取り、湯を茶碗に注いだ。

「もとがよければ、いくらでも味は直すことができます。どうぞ」

小笠原は顔をしかめながら、飯を口に入れる。

その表情が劇的に変わった。

「……たしかに変わった。塩気は効いているが、それが飯のうまさを引き立てている」

「茶には少しだけ仕事がしてあります。それが、ほたる飯の本来のよさを引きだして、別の味わいを作りだしました」

「これは、似て非なるものかもしれぬ」

「土井家も同じだと思われます」

大岡は静かに語った。

「主君の利実さまをはじめ、家臣はすばらしい方々がそろっております。小笠原さまのように、御家のよさを引きだす方もおられます。いま、御家がおかしくなっているのは、塩が効きすぎて味がずれているだけのこと。手直しをすれば、かならずもとに戻りましょう……このほたる飯のように」

小笠原はふたつの茶碗を、交互に見つめた。大きく息をつくまで、たいして時はかからなかった。

「立て直せるであろうか、御家は」

「はい。この大岡が手を貸しますぞ」

「……あいわかりました。ほたる飯の味わい、身に染みました。すべてを話しますので、よろしくお願いします」

やはり、うまい料理は人の心を動かす。

ほたる飯にこめられた仁助に対する思いが、流れ流れて小笠原を揺さぶり、真相をあきらかにする勇気を与えた。

あとは、これを無駄にしないように手を尽くすだけだ。

大岡はあらためて小笠原を見て、話を切りだした。

十一

鎖鉢巻《くさりはちまき》に籠手《こて》、臑当《すねあ》てを身につけた同心が川沿いを歩いていく。その数五人で、足取りは重々《おもおも》しい。

先頭に立つ速水の表情も引き締まっていた。十手《じって》を握る姿は、普段と大きく異なる。

時刻は戌の刻を過ぎており、長い夏の一日も終わりを迎えようとしていた。

ひどく暑い日だったが、川に沿って風が吹いてくれたおかげで、まとわりつくような湿気はいくらか減っている。おかげで、大岡も汗をぬぐうことなく蕎麦を食べることができて、ありがたいかぎりだった。

「なにをしているんですか、御奉行さま」

いきなりの声に振り向くと、土橋が歩み寄ってくるところだった。黒羽織に黄八丈という、いつもと同じ格好である。

「どうして、こんなところにいるんですか」

「なに、今日が例の捕物《とりもの》だというから、様子を見ようと思ってな」

「待ってください。もしこんなところを見られたら……」

「なにを言うか。今日はひさびさの大捕物だぞ。屋台に座っている爺《じい》に目をくれる余裕は、どこにもなかろうて」

小笠原から話を聞いた大岡は、遠州屋を取り押さえるため、配下の与力、同心を動かして、その動向を調べあげた。

その結果、十万石を超える名家が、いくつも三左衛門の抜荷にかかわっていることが判明した。土井家と同じく、空米を通じて深く家中に食いこまれて、言うことを聞かざるをえない状況に追いつめられていたのである。

大岡は注意深く探索を進め、霊巌島で荷物の受け渡しがおこなわれることをつかんだ。

捕物を命じたのは昨日のことで、今日は与力と同心の大半が出動している。先方はもう霊巌島に入っており、先刻、彼の前を通り抜けた同心が到着すれば、一味を取り押さえるべく動くはずだ。

大岡は土橋を見た。

「おぬしは行かぬのか」

「やめておきました。なにせ、御奉行さまが直々に下知《げち》を出しましたからね。手《て》柄《がら》を横取りしては、文句も出ましょう」

「筆頭同心のおぬしが手抜きか」

「それもよいでしょう」

「なのに、ここには来た。どういうことだ」

「おこぼれに、あずかれるかもしれませんから」

「では、それまで食べているか」

「……それもよいですな」

土橋は縁台に腰をおろして、蕎麦を注文した。

この屋台の主は、信州でみずから蕎麦粉を作っていた人物で、つなぎはほとんど使わず、蕎麦粉だけで麺を打つ。

つけ汁は味噌ではなく、鰹節の出汁に醤油とみりんを加えた一品で、蕎麦切りとの相性は抜群によかった。

「これはよいですな。癖《くせ》になりそうだ」

土橋が蕎麦を食べはじめたところで、彼方で声があがった。目立つのは速水の声で、取りおさえろ、と叫んでいる。

「はじまったようだな」

「向こうも用心棒を抱《かか》えているでしょうが」

「大丈夫だろう。事情が事情だ。同心も与力も必死になるさ」

遠州屋は町方にも手を伸ばしており、数名の同心が影響下にあった。仁助の件があっさり処理されたのも、よこしまな指図があったからだ。

悪徳同心はよい目にも遭っていたが、一方で、抜荷を見逃すようにも命じられていて、苦しい立場にあった。

そろそろ手を切る頃合いと考えていたはずで、たとえ悪徳同心が捕方に混ざっていようとも、三左衛門の捕縛に手を抜くようなことはないはずだ。

大岡が蕎麦を食べている間にも、騒ぎはさらに大きくなり、逃げろとか、おさえよという声が交錯《こうさく》していた。

捕物がおこなわれているのは、二町先の町屋である。海から直に屋敷に入ることができる水路があり、そこで荷揚げをしていたらしい。

うわっと大きな声があがったのをきっかけにして、響いてくる声は小さくなった。

どうやら、片付いたようだ。

「さて、戻るか。配下が知らせにきたときに奉行がいないのでは、申しわけないからな」

「私は、もう少し様子を見ていきます」

「そうか。では、あとでな」

大岡は立ちあがって刀を腰に差すと、闇に包まれた道に入った
太い声がしたのは、その時だ。

「どけ、邪魔をするな」

大岡が顔を向けると、恰幅のよい男が現れたところだった。大岡の顔を見て、足を止める。

「あっ。お、御奉行さま」

「おう、おぬしは」

三左衛門だった。肩を上下させているところを見ると、走って捕物の場から逃げだしてきたらしい。

なかなか、しぶとい。

「逃げおおせるとはたいしたものだが、ここまでだ。素直にお縄につけ」

「なにをいまさら……」

「お上にもお慈悲はある。もっとも、ここまでやらかしては罪から逃げるのは難しいか」

大岡は指を鳴らす。その顔には、笑みがあった。

「だったら……」

三左衛門は顔をゆがめると、鉄砲玉のように突進してきた。

あまりのことに、大岡がなにもできずにいると、横から土橋が駆け寄ってきて、足を引っ掛けた。

倒れて転げまわったところに、土橋が馬乗りとなって、その腕をおさえる。

「御用だ。神妙にしろ」

「やるではないか。見事な手際だ」

「やはり、おこぼれがありましたな」

「……おぬし、端からこれを狙っていたな」

取りこぼしがあると見て、逃げだしてきた者をここで捕らえるつもりだったのだろう。大岡と顔を合わせたのも偶然ではなく、逃げ道を考えて、網を張った結果だったに違いない。

「霊巌寺の顔役にでも言われたか」

「そういうことにしておきますよ。なんにしろ取りおさえることができて、なによりでした」

土橋の言葉に、大岡は笑った。

蕎麦屋の主が屋台の裏から、こちらを見る。何事かと驚いていた。

大岡は主を見て、軽く手を振った。その瞬間、遠州屋をめぐる騒動に、ようやく決着がついたことを強く感じた。

十二

大岡が『みきや』に馴染みを集めたのは、三左衛門を捕らえてから半月ほど経ってからだった。

六月末の暑い日で、大地を焼き払うかのような強い日差しが、頭上から降りそそいでいた。

夕暮れ時であるにもかかわらず、大岡は店にたどり着いたとき、汗で身体が濡れていた。米輔が手ぬぐいを渡してくれたが、それでもぬぐいきれなかった。

全員が集まったのは、酉の刻をわずかに過ぎた頃合いだった。

『みきや』の小上がりには、用吉をはじめとする馴染みに加えて、新しく料理屋を開いたばかりの太助と銀次、根津の事件で知己となったおまちに八十吉、さらには、芝三島町『やまのや』の主、怡与蔵とおあきが顔をそろえていた。

奥の縁台には、おみよと土橋の顔もあった。

大岡が食べ歩きで深く知りあった人物のほとんどが、一堂《いちどう》に会していた。

彼自身が声をかけたものの、ここまで集まるとは思わなかったので驚いた。

こんな時が来るとは。世の中とは不思議である。

米輔にうながされて、大岡が立ちあがると、全員の視線が集まった。

「みなの者、こうして顔を合わせることができて、嬉しく思う。よく呼びかけに答えてくれた」

大岡は声を張りあげた。白洲で話すときよりも緊張する。

「今日、来てもらったのは、遠州屋の件を話したかったからだ。すべて片がついた」

三左衛門を取り調べた結果、遠州屋が抜荷をしていたことがあらためて確認できた。

規模は大きく、複数の大名を巻きこみ、一度の商いで二千両を動かしていた。唐物が中心であったが、一部には南蛮《なんばん》から持ちこまれた禁制品もあり、取り調べにあたっていた同心や与力を驚かせた。

以前、宮永町で使われる寸前だった鉄砲も、彼が仕入れていた。

仁助が死んだのは、彼がたまたま荷物の中味を確かめたせいだった。

炭と聞いていたのに、あまりにも荷が軽かったのであらためてみたところ、唐物の薬草であった。

仁助がよくわからないままに報告すると、三左衛門は中味が知られたと思いこんだ。前々から荷がおかしいと告げていたことも、疑いに拍車《はくしゃ》をかけた。

あの日、仁助は帰り道に遠州屋の手代に拉致《らち》され、捕物のあった霊巌島の屋敷に連れていかれて、そこで殺された。

死体は海に放りだしたのであるが、潮の加減から戻ってきてしまい、泥《どろ》の浅瀬で発見されることになった。

三左衛門は事故で片付くと思いこんでいたので、大岡の話を聞いて、相当に驚いたらしい。

しばらく抜荷は止めるつもりで、最後の取引を実施したのであるが、そこに奉行所の与力、同心が乗りこんできて、すべてが終わった。

「まさか、あやつが泳げないとは」

取り調べの最中、三左衛門はそのように答えたという。よほど悔しかったらしく、顔はゆがんでいたと土橋は語った。

「あやつの無念を晴らすことができたのはよかった」

視界の片隅で、おあきが泣き、おまちやおみよがそこに寄り添っていた。

「悔いは残る。あのとき、もう少し、あやつのことを気づかってやれば、殺されることはなかったかもしれぬ。いまとなってはどうすることもできないが、せめて同じことを繰り返すことがないよう、仁助のことは心に刻んでおきたい」

町奉行として、江戸の町民を見捨てることがないように、この先もできるだけのことはしていきたい。

それは、大岡の本音だった。

「今日は、仁助の供養も兼ねて、好きなだけ飲み食いしていってほしい。あやつがなにをしてきて、どんなことを考えていたのか、みなの前で話をしよう。さすれば、みなの心に深く刻みこまれる」

人が死ぬのは哀しいが、死んだ人間が忘れられるのはもっと哀しい。

みなが忘れてしまったら、その人間は最初からいなかったことにされてしまう。

それでは、なんのために生まれてきたのかわからなくなる。

仁助はたしかに存在し、彼らと交わってきた。

それを記憶に残したい。

「では、はじめるとするか」

「はじめると言っても、御隠居、なにをするんだい」

「聞いて驚け。今日の料理は……」

大岡は笑って言い放つ。

「鍋だ」

「はあ……鍋だって。この暑いのに」

用吉が顔をしかめた。銀次、太助、おまち、さらに八十吉がそれにならう。

「馬鹿じゃないですか。汗を掻いてまで食べたい物ですか」

「そんなことはないぞ。鍋はみなで箸をつつく。身分の差もなく、ただ食べたい物を食べるだけだ。それで心がひとつになる。同じ物を食べて、思いを語れば、心に残るだろう。その鍋を食うかぎり、思いはよみがえるというものよ」

「……さようですか」

「では、米輔、仕度を頼む」

大岡が頼むと、米輔は頭をさげて奥に入っていった。

戻ってきたときには、手に大きな土鍋があった。太助と銀次がそのあとに続いて、似たような形の鍋を持って出てきた。

「すまなかったな。急に数を増やしてしまって」

大岡は米輔にささやいた。

「まさか、こんなに集まるとは思わなかった」

「大丈夫ですよ。余分に用意しておきましたから」

「金は足りなかったはずだ」

「それも出してくれる人がおりまして」

米輔は懐から書状を取りだして、大岡に渡した。その場で開いてみると、短い文章が飛びこんできた。

今日は休め。辞めるなんて許さぬからな。

末尾には、吉宗の名があった……。

「おぬし、書状の中味を見たか」

「いいえ。棒手振が届けたものを受け取っただけです」

大岡は息を大きく吐きだした。

吉宗は紀州時代の家臣を使って、御庭番と呼ばれる仕組みを作りあげて、世の津々浦々《つつうらうら》に目を配っている。

江戸の町にも手の者を放っていて、時として大岡に先んじて市井の情報をつかんでいることもあった。

だが、まさか……。

大岡がこの店に来ていることまで知っていようとは。

というこことは、大岡のひそかな楽しみである食べ歩きのことも……。

「気を遣われたか」

吉宗は、無理難題を押しつけてくる面倒な主君であったが、それだけではないことも十分に承知していた。

少なくとも、家臣を働かせる以上に自分も働いている。幕府のために、その身を捧《ささ》げていることはたしかだった。

「……まあ、あと一、二年なら、付き合ってもよいか」

その後は誰になにを言われようと、絶対に隠居し、食い歩きの日々を過ごす。

そう思えば、耐えられよう。

大岡は吉宗の笑顔を思い浮かべた。

なぜか、心が温かい。

「ところで御隠居。この鍋、いったいなんだい。鶏肉が入っているみたいなんだけど」

用吉が鍋をのぞきこんだ。

「ああ、それは鶏すきと言う。割りきった言い方をすれば、鶏肉を鍋に入れて煮込んだものだな。冬に食べるときには白菜《はくさい》や長葱《ながねぎ》を使うが、この時期であれば蔓《つる》菜《な》と大葉《おおば》がよかろう。豆腐を使うのも大事だな。よいか。なぜ、これを鶏すきと言うかといえば、こう、鋤《すき》で搔きこむようにして食べるからで、その味を引き立てるのがだな……」

　大岡はそこで口をつぐんだ。視線が集中するのがわかったからだ。

　以前、土橋に、あの蘊蓄《うんちく》はやめたほうが言われていた。

　つまらぬ口上が続くと、それだけで食い気が失せてしまう、とも。

　鶏すきについて、滔々《とうとう》と意見を語っても意味はなく、ここは、みなで早々に食べたほうがよいのではないか……。

　大岡が米輔に視線を向けたところで、おまちの声がした。

「なぜやめるのですか」

　彼女は笑って、大岡を見ている。

「その先はどうなるのです」

「いや、せっかく料理を持ってきたのであるから、つまらぬ話はやめてだな」

「困りますよ。話がいい感じで進んでいたのに」

「そうですよ。ここでやめられたら気になって、飯が喉《のど》を通りませんよ。さっさとやってくださいって」

用吉は手を振った。

「御隠居の話が長いことは、重々承知のうえですよ。たいしておもしろい話ではないんですが、これがないと、どうにも食った気がしねえ。口に入れても、味わいがうまく広がらないんですよ。御隠居との飯は、口上も含んでのこと。さあ、教えてくださいよ。こっちも突っこみながら聞きますから」

おまちも腕を組んでうなずく。

八十吉は苦笑いを浮かべながら大岡を見ていたが、その視線は優しかった。土橋ですら手を前に出して、先をうながしている。

集まった全員が、大岡のやりようを受け入れていた。

どうやら、町を食べ歩いていたのは、無駄ではなかったらしい。

仕事に追われるだけで孤独《こどく》な暮らしと思っていたが、彼の居場所は、たしかにあったようだ。

「では、話を続けるか。長くなるぞ」

「でしたら、酒がいりますな。米輔、持ってきてくれるか。全員の分だ」

「はい。たっぷり用意してありますから、好きなだけ飲んでください。金は御隠居が払ってくれますから」

「儂の分も持ってきてくれ。飲みながらやりたい」

今日は思う存分、語ってやる。うまい料理について。

大岡は火の通った土鍋を見つめた。

食欲を誘う香ばしい匂いが漂ってくる。

すぐに箸をつけたいという気持ちをおさえつつ、大岡はふたたび鶏すきの話をはじめた。

それは、用吉に後悔させるほど途方《とほう》もなく長い時間がかかったが、それでも最後までやめることなく、語り尽くしたのだった。

コスミック・時代文庫

美食奉行 大岡越前
江戸めし人情裁き

2024年11月25日　初版発行

【著 者】
加賀美《かがみ》 優《ゆう》

【発行者】
松岡太朗

【発 行】
株式会社コスミック出版
〒154-0002 東京都世田谷区下馬 6-15-4
代表　TEL.03(5432)7081
営業　TEL.03(5432)7084
　　　FAX.03(5432)7088
編集　TEL.03(5432)7086
　　　FAX.03(5432)7090

【ホームページ】
https://www.cosmicpub.com/

【振替口座】
00110-8-611382

【印刷／製本】
中央精版印刷株式会社

乱丁・落丁本は、小社へ直接お送り下さい。郵送料小社負担にて
お取り替え致します。定価はカバーに表示してあります。

ISBN978-4-7747-6608-9 C0193